S0-BHS-871

COLLECTION FOLIO

Philippe Delerm

La cinquième saison

Gallimard

Philippe Delerm est né le 27 novembre 1950 à Auvers-sur-Oise. Ses parents étaient instituteurs et il a passé son enfance dans des « maisons d'école » à Auvers, à Louveciennes et à Saint-Germain.

Après des études de lettres, il enseigne en Normandie où il vit depuis 1975. Il a reçu le prix Alain-Fournier 1990 pour *Autumn* (Folio n° 3166), le prix Grandgousier 1997 pour *La première gorgée de bière et autres plaisirs minuscules*, le prix des Libraires 1997 et le prix national des Bibliothécaires 1997 pour *Sundborn ou les jours de lumière* (Folio n° 3041).

La cinquième saison, publié pour la première fois en 1983, marque l'entrée en littérature de Philippe Delerm.

À Hélène Cadou

« Tu traverses la nuit plus douce que la lampe
Tes doigts frêles battant les vitres de ma tempe
Je partage avec toi la cinquième saison
La fleur, la branche et l'aile au bord de la maison
Les grands espaces bleus qui cernent ma jeunesse. »

RENÉ GUY CADOU,
La Vie rêvée.

Je ne regarde pas souvent tes albums de Cécile. Ils sont un peu trop toi. Je sais qu'il y a ce dessin dans les bleus qui te dit mieux qu'un long roman. Cécile est assise dans une cour d'école, regarde tourner une ronde où elle n'entre pas. Elle semble heureuse ; elle est heureuse, et triste, et mêle au creux de son regard le cercle de la ronde et le silence de plus loin. C'est toi, mieux qu'on pourra jamais le dire, et je suis seul à le savoir.

Un jour tu t'es laissée glisser vers un ailleurs qui te guettait de sa force tranquille et blanche… Pour une raison inexpliquée la 2 CV… a quitté… et percuté… est décédée dans la soirée… Je n'ai pas lu dans un journal ces mots qui ont dû y figurer, qui sont si secs et rassurants pour parler d'une mort bien propre à effacer.

J'essaie souvent de te rejoindre au fil des nuits dans cette valse qui commence après le choc et le pylône renversé. Le bruit ne m'effraie pas, il est encore dans la vie, mais c'est après la valse lente. Tu ne veux pas, et pourtant peu à peu tu vas te laisser faire. Cela doit se passer d'abord dans le silence, et puis des voix qui s'agglutinent autour de la voiture, surtout n'y touchez pas. Plus tard des lampes bleues tournoieront sous la pluie, plus tard des lampes blanches, un interne ennuyé, c'est samedi...

Déjà tu ne sais plus, tu ne veux plus les mots, tu dors dans un pays très doux comme une couverture chaude d'aquarelle.

Tu encerclais l'hiver dans des lampes d'opale, tu inventais Clémence, le temps t'obéissait. Qu'allais-tu faire un jour de vide et pluie sur une route mouillée noire et puis ce rêche d'un pylône ?

Tu t'es perdue dans la lumière bleue qui t'emmenait, qui tournoyait. C'était trop fort, ce n'étaient plus des couleurs à toucher, à peindre, à regarder. Bleu électrique, noir de pluie, je n'ai pas vu les couleurs du vertige, elles me brûlent dans la nuit.

Tu viens sur le velours des mots. J'ai acheté un beau cahier pour te parler. Tu n'aimerais pas trop la couverture. Il y a cette photo bleue ; deux jeunes filles à côté de leur bicyclette, la route de campagne, un virage très doux, le soir descend vers un ailleurs de pluie d'été. Tu dirais que c'est un peu mièvre, mais ce n'est pas vraiment la couleur de ces mots. J'ai un stylo à grosse plume, avec des notes de musique dessinées sur le capuchon blanc. J'écris pour la musique de tes jours blessés, petite musique à l'encre bleue, coups de griffe sur le temps, sourire blanc sous la chanson des mots. Je ne pourrais te dire à la machine. Mais là, sur le papier petits carreaux, les lettres bleues s'attachent, se séparent, c'est un chemin qui me bat la chamade, avec des coupes blanches et des instants de toi, le fil de cette vie que je ne savais pas, au temps d'ensemble de nos corps.

Car nous faisions l'amour, je croyais te toucher au plus creux de ta vie, et puis je repartais, tout à fait seul dans les rues de Rouen. Ton père devait dîner chez toi, j'allais au cinéma. Plus tard il faisait nuit, les cafés blonds s'allumaient peu à peu, chaleurs faciles égrenées le long du parvis froid de la nouvelle cathédrale, arche de pierre et de béton jetée sur un demain très dur où le désir se cogne au ciel de nuit. Je restais là sur le parvis, assis sur un rocher pour jeu d'enfants préfabriqué, entre les cafés blonds et l'arche dure du désir. Le désir bleu ne pouvait pas tenir dans la chaleur facile des cafés ; je restais là entre deux rives, avec le temps de nuit creusé qui donne le vertige.

Tu ne liras jamais ces pages que j'écris dans une école sage au vent mouillé d'automne. Ce n'est peut-être que pour moi, pour te garder un peu ; c'est la première fois que je te tiens dans mon décor, première fois que tu me viens au rythme de mes pas.

Ici, les forêts se referment et je te garde en creux dans ma vallée, entre l'étude et le goûter. Tu es dans les poèmes de Cadou que les enfants récitent en chantonnant :

« Je t'atteindrai Hélène
à travers les prairies
à travers les matins
de gel et de lumière »

Pour la première fois, je sais chanter pour toi, quand je décroche ma guitare. Avant je ratais un arpège, ou tu n'écoutais plus les mots qui devaient juste te parler, tu préparais le thé. J'apprends à te parler dans le silence d'une école.

Tu vois, il n'y a pas qu'une insolence du bonheur. Dans la tristesse aussi, tout semble enfin facile, et c'est si simple de se ressembler. Le monde s'apprivoise, on en fait soudain ce qu'on veut.

Depuis dix ans, la petite maison d'école était abandonnée. Le maire de Saint-Laurent-des-Bois, M. Savy, me l'avait dit :

— Vous savez, depuis quelques années, on a surtout des jeunes demoiselles ! Ici, toute seule, c'est pas très rassurant, et pas bien drôle ! En général, elles préféraient habiter à

Rouen. Il y a les sorties… Mais enfin, si ça vous chante… Venez toujours jeter un coup d'œil !

C'était septembre, et le début d'après-midi. L'école ressemblait à mes écoles d'autrefois, un peu en retrait du village, sur la petite route qui descend vers l'église et le centre. Depuis la cour on voit la Risle et les jardins de l'abbaye. La maison de l'instituteur n'est pas bien grande, de plain-pied, mais il y a une cheminée dans chaque pièce. J'ai mis mes lampes basses et des bouquins, le chaud de ma guitare et tes albums. Dans mon hiver, les lampes douces, le silence, je t'attends.

Tu es partie trop tôt. Les gens se mettaient à aimer des choses un peu légères. Les gens avaient fini d'aimer qu'on se déchire devant eux, les cris du désespoir acide et les crachats sur rien. Sur la mélancolie de cette année des notes s'envolaient, des mots dans un ciel pâle à peine bleu d'avril, des mots couleur chanson.

C'était le temps du chocolat, dans ta cuisine aux rideaux rouge et blanc. On aimait les cuisines alors, comme on est mieux juste à côté, en marge du bonheur, et sans oser le dire. Tu faisais des gâteaux marbrés chocolat et citron, je prenais ma guitare et les chansons venaient, citron amer et chocolat, chaleur et froid, bonheur-patience.

Un soir tu viendras à l'école. Les enfants ne seront pas surpris, t'accueilleront comme une grande sœur, comme une amie lointaine, un jour de pluie, dans la monotonie de l'automne des classes. Tu poseras ta cape sur un banc, tes cheveux longs mouillés diront les routes traversées, la fraîcheur des villages.

Tu choisiras un livre dans l'armoire. Nous nous tairons, car tu voudras lire une histoire, un conte d'autrefois. L'histoire semblera nouvelle et ta voix grave montera sur nous comme une pluie très douce qui s'arrête à l'heure du souper. L'histoire sera triste de la petite marchande d'allumettes, les rêves de lumière brûlent sa vie fragile et blanche. Les rêves sont trop forts, et tu prendras Armelle par la main.

Moi je serai regard, une ombre au creux de ce palais d'enfance, il y aura comme des fils d'argent dans un grenier plein de légendes. La nuit tombera vite, déjà la fin d'octobre et le début d'un sortilège bleu d'hiver. Tu mèneras sur des chemins d'ailleurs ma classe au seuil d'hiver.

Il y aura des questions. Tu répondras très doucement, toujours un peu comme à côté de leur attente. Ils ne connaîtront pas ton pays, peut-être simplement ton nom, qu'ils se répéteront, syllabes de mystère au goût de conte et de village sous la pluie. Ils chanteront pour toi *Tout Bas-Tout Bas*, chanson pour s'endormir sur des images d'Andersen, avec le capitaine en bois qui dit :

« Je vous en prie, mais passez donc ! »

Passez, le rêve est là, passez sur l'autre rive avec l'amie lointaine et sa cape mouillée. Je l'attendais, enfant, dans les classes d'ennui, à l'heure de l'étude. Elle ne venait jamais, dormait dans mes bouquins, fièvre des contes, impossible douceur. Elle sera là ce soir d'octobre, au fond de ton regard comme une fièvre pour jamais.

À Rouen, tu achetais ton papier aquarelle dans le fouillis de la boutique des Beaux-Arts, rue Martainville. Tu bavardais, tu t'attardais dans le désordre des estompes, des pastels, des fusains. La vieille dame aimait bien te parler, penchait vers toi son doux regard usé derrière les lunettes d'écaille. Les commentaires s'étiraient sur le grain fin, le grain torchon. Je goûtais là derrière toi un silencieux bonheur à toucher les couleurs, à caresser ces objets mystérieux dont je ne peux rien faire.

Des élèves de l'école passaient, tous demandaient des choses très précises, HB n° 3, Moulin d'Arches grain torchon... La vieille dame avait toujours ce qu'on lui demandait : elle y prenait un sourire amusé de connivence, plongeait dans les tiroirs en merisier. Tous ceux qui venaient là savaient jouer des formes et des couleurs, inventer des présences sur la blancheur éblouissante du bristol, parler sans mots de la lumière.

J'aimais te suivre dans ce monde et ne rien y comprendre. Rue Martainville, dans ta chambre, pour l'opulence des objets, des gommes mie de pain, des minuscules palets d'aquarelle, j'aurais donné les gestes de l'amour parfois. Je restais là, à la lisière d'un monde de reflets : tu m'emmenais sur des images où je te retrouvais, avec des choses, des objets, que je touchais, je caressais, qui toujours m'échappaient, comme les gestes de l'amour inventaient des frontières.

Quand je touche un crayon, ce n'est jamais pour dessiner. Je le caresse, et le bois tourne dans mes mains. Je te touchais, tu passais par mes mains. Je pense à ces images qui naissaient, Céciles douces qui te ressemblaient. Je te faisais l'amour et tu conduisais mes images. Tu savais les reflets ; je me souviens de ce bonheur-désordre sur ta table.

Je garde ton prénom qui ne te dirait pas. Ta mort a refermé pour moi ce nom qui ne t'enferme plus, pourquoi ? J'avais couché le mal de toi au creux de deux syllabes. Mais tu es là plus vague, un nom léger ne te dit pas. C'est toi dans l'ombre des tilleuls et les rires d'enfants, dans les regards qui s'évadent par la fenêtre, dans la fraîcheur de l'eau quand il y a dessin.

J'ai montré tes albums à mes petits élèves, je n'ai pas dit que je te connaissais. Pour eux comme pour moi Cécile est là, et Clémence, et Lucile, et Gaétan rêveur aux berges des étangs. Petits champignons mélancoliques, ils jouent à la chandelle, s'envolent sur des balançoires, et dans leurs yeux baissés l'enfance infiniment garde l'enfance. Tu n'étais rien qu'un peu d'enfance grave au coin de leur regard baissé.

Quand tu partais le matin à l'école, dans le square Carpeaux, une voix t'appelait. Je te revois. Tu te retournes vive, le cartable sur l'épaule. Tu as un tablier brodé à carreaux blancs et bleus comme une veste de meunier. Ce prénom-là, jeté dans le square d'avril, c'est le tien, car tu tournes la tête, le casque noir de tes cheveux voltige, tu as les gestes vifs et le regard très doux. Nathalie court vers toi. Tu l'attends maintenant. En équilibre sur une jambe, tu remontes ta socquette blanche. Le cartable se penche sur ton dos. Vous partez pour l'école, là-bas, tout près, dans un village de Paris.

Il y a de grands silences dans ma classe, le rite des dictées. Je lis très lentement, en passant dans les rangs, quelquefois je m'arrête :

— Où es-tu perdu, Alain ? Je relis pour Alain... Point final... J'écris le nom de l'auteur au tableau...

Je pense un peu à ce que je fais pendant la première lecture. Mais après... Je relis une fois pour la ponctuation, une autre pour le sens. Alors sur le silence tout le monde garde l'apparence du sérieux, mais les mots partent un peu plus loin, sur les chemins de l'encre bleue.

Le samedi, après la récré de dix heures, chacun s'en va au robinet remplir son pot de Danone. C'est l'heure de dessin. Dehors, l'été s'endort au soleil blond de fin septembre. Dedans, cela sent bon l'aquarelle mouillée. Il y a des petits remue-ménage :

— M'sieur, j'peux aller changer mon eau ?

Je tiens l'enfance sage au creux des heures oubliées, quand midi ne vient pas, quand les couleurs pâlissent sur les feuilles détrempées, les murmures s'éteignent. Toute l'enfance est là. Dehors, c'est un village amenuisé, plus de cris, plus de jeux, les vieux se parlent doucement, le temps semble plus long. Là-bas, près de la Risle, la mère Dubois étend ses draps dans un jardin trop nu, le temps ne passe pas.

Seul. Des parents m'invitent à dîner.

— Si vous n'avez rien de mieux à faire...

C'est très gentil, et je suis clair pour tout le monde. On peut habiter mes soirées, me faire profiter d'une chaleur, d'avance on sait que je serai le réchauffé. Le plus souvent je ne m'attarde guère, et sur la route de chez moi, mains dans les poches, seul enfin, je joue à l'impossible. Je t'imagine loin, dans un décor de ville slave, je me répète à haute voix ce mot magique : Prague... Prague...

Tu n'es jamais allée à Prague, et moi non plus. Mais c'est toi, ton regard de plus loin ressemble à ce mot-là qui chante vert étrange un brouillard slave et doux. Prague. Tu marcherais dans une rue avec la longue écharpe vert foncé que je connais. Elle sentait bon la pluie quand on allait dans les rues de Rouen. La même laine vert foncé nous mènerait dans une ville imaginaire, et dans les cafés blonds nous resterions longtemps devant la transparence d'une boisson d'or. Je n'en connais que la couleur, et c'est assez pour se noyer si doucement, là-bas, à Prague où tu ne seras pas…

Il y aurait des jardins et des petites rues tranquilles, je passerais, tu ne me verrais pas. Derrière un mur si haut, tu serais la grande amie d'enfants beaucoup trop sages. Tu les écouterais. Ils diraient sur un ton plaintif des chagrins dérisoires. Leurs voix se perdent par-delà le mur. J'essaie de deviner, mais je crois bien qu'ils parlent slave…

C'est dans une autre vie. Nous sommes allés à Prague, et je l'invente à petits mots. Là-bas tu as longé des rues que je ne connais pas ; je te donnais la main, je te suivais, tu m'emmenais dans des cafés pour étudiants. Le soir tombait très vite, il y avait la nuit bleu-noir et l'or facile des lumières. Nous buvions toujours du thé…

Novembre slave, je m'invente au plus gris de l'année, au plus fermé des jours cette errance qui nous ressemble — imperméable, pluie, vienne le soir, silence.

Nous partions beaucoup moins loin, mais j'aimais bien les rites du voyage. À la Toussaint, il y a deux ans, tu m'avais emmené au pays de Colette. L'automne en Puisaye s'endormait ; sous le soleil pâli de cette fin d'octobre, une petite vieille nous a conduits au jardin de Sido, moins sauvage aujourd'hui. Nous avons retrouvé la grille à demi emportée par la glycine centenaire, mais le jardin du bas, transformé en piscine, préservait mal ce que les mots avaient gardé, l'enfance à l'ombre de Sido, le remords de l'enfance...

Il n'y avait pas grand monde dans les rues de Saint-Sauveur. Un vent d'hiver soufflait sur les couleurs d'automne, les jardins sages et roux. Je me souviens du Cheval-Blanc, petit hôtel pas cher où l'on se promet bien de revenir, où l'on ne revient pas...

Ce petit déjeuner pain-beurre-et-gelée-de-groseille dans une salle où l'on est seuls — tout à l'heure on lira la carte Michelin pour inventer un peu le sens de la journée. Mais pour l'instant, c'est le silence. On aperçoit par la fenêtre les collines de Bourgogne et la forêt de Saint-Fargeau. La petite fille de l'hôtel s'approche en souriant et disparaît si tu commences à lui parler.

— Tu veux encore du pain ?

Je te regarde et le temps passe.

À la foire à la brocante de La Ferrière j'ai trouvé une ancienne carte postale de Saint-Laurent. Dans la rue de l'église, les villageois endimanchés guettent le photographe. Il y avait plus de monde dans la rue, ou bien les gens étaient sortis pour la photo. Sur la route poussiéreuse de Brionne, le temps, chemises blanches et crinolines, semble plus léger. Des arbres ont disparu. L'instituteur devait porter faux col, moustache et chapeau noir. Je lui ressemble un peu, je pense, au-delà des folklores et des tourments de l'orthographe. Sans doute il aimait bien voir la vallée se découper par la fenêtre de la classe, et le silence des dictées.

Je me souviens des gestes de l'amour. Je sais beaucoup trop tard que nous étions vraiment ensemble, de regard à regard, quand le plaisir mettait des larmes dans tes yeux. Je te touchais profond, j'aimais surtout quand tu te laissais faire, et ton plaisir était le mien. Ouverte fraîche sur les draps, tu aimais les caresses lentes, et le temps s'allongeait. Il y avait des bouquins partout autour du lit, ta fenêtre s'ouvrait sur le clocher de Saint-Maclou.

Ici la pluie ne tombe pas comme un décor à la Dickens sur l'or des brasseries. Dans l'espace noyé elle s'installe, et les journées se suivent lancinantes. Le ciel avance à peine, et sous son gris éteint de morne acier les gens de Saint-Laurent se resserrent, se cachent, s'imbibent lourdement d'un cotonneux silence à l'abri de la pluie. Toute une brume d'eau monte de la rivière, écharpe avec le soir les champs déserts.

En haut, la forêt s'assombrit, prend des couleurs de légende allemande. Les soirs d'automne, après l'école, je vais m'y promener. Si quelqu'un me rencontre, je suis chercheur de champignons, mais n'en trouve jamais. Sur le sol souple du sous-bois mouillé je marche, et des odeurs me fouillent la mémoire. Je ne dissèque pas ces souvenirs mêlés de bois, de champignons, de promenades du dimanche ; demi-sommeil, j'avance avec des sensations brumeuses, dans l'or terni des fougères d'octobre. Je suis les allées-cathédrales, entre les pins ; la lumière ne coule plus. Je marche vers ce cercle amenuisé d'espace, au bout des allées cavalières. Chemin de la Sablière. Allée Bois-Guillaume. Croix Maître-Renault. Au bout de ces noms désuets de forêt féodale, c'est toi le cercle des allées. Chaque détour te réinvente plus lointaine. Je te retrouve à chaque pas dans ce besoin d'aller vers le silence. C'est toi le cercle et la couleur-légende des allées, ce vert profond si près du noir, chemin de la Butte-Dampierre.

Je suis chez toi, ce soir, par-delà les villages et la douceur oblongue des vallées. Ma vie s'endort au creux de ton absence : j'ai coulé cette vallée sur moi pour te garder, pour te coucher au plus profond. Dans la paix d'un village et le silence d'une école je te recueille, je t'apprends. Il y a ce cahier sur un pupitre d'écolier ; je t'écris ma mémoire et je suis là pour te coucher, à coups de plume, à coups de griffes du passé — c'est ma vie, reflet de ta mémoire dessinée.

Moi j'aimais bien quand tu étais malade. Je te faisais de la verveine avec des feuilles. Tu te cachais au fond des couvertures, je m'asseyais sur les draps près de toi, je bouquinais. Volets fermés en plein début d'après-midi, on entendait la rumeur de la ville, les voitures qui s'arrêtaient au feu rue Saint-Romain, les pneus sur l'asphalte mouillé, quelques cris.

L'après-midi passait dans le vertige de ta fièvre, et peu de mots :

— Tu trouveras de l'aspirine dans le placard de droite. Non, ne m'embrasse pas...

Tu essayais de dessiner, mais tes Céciles ne dansaient plus guère.

Quand on était petit, c'était si doux, manquer l'école, s'entendre parler doucement, les murs s'éloignent et la fièvre grandit. Tu étais juste un peu malade, angine de Vincent, trois jours au lit, il faut attendre. Dehors, novembre s'attardait en pluies glaciales, il faisait bon chez toi. Par la porte entrouverte on voyait la chaleur de ta cuisine, une Clémence sur le mur.

Ton lit, perdu dans l'océan des livres dispersés, c'était notre refuge, un peu cabane de l'enfance, ou l'éternel radeau de ces naufrages imaginaires — plus chaud le chaud, plus fraîche la fraîcheur des draps à peine rêches.

Volets fermés, silence de la fièvre et la ville s'écoule ; je me souviens de ton réveil qui faisait trop de bruit, un gros réveil très démodé, cerclé de fer avec des chiffres ronds, de ce bruit rassurant qui berce le silence et puis cogne et résonne dans la fièvre. Je me souviens du temps qu'on a laissé passer dans l'île de ta chambre.

Tu es toujours un peu malade et je te berce au fond de moi, à petits mots de litanie, à mots douceurs comme on souffle léger sur le front d'un enfant pour qu'il s'enfonce sage dans la nuit, tranquille à bord du fleuve amer-sommeil ; déjà les images défilent, et c'est profond et vert et noir, comme un décor de nuit de jungle du Douanier Rousseau, avec des serpents bleus lovés dans l'ombre, et la musique d'une flûte de bambou incante des reflets de lune, un grand silence d'argent blanc.

Je te retiens dans le pays d'avant-sommeil à petits mots d'ici qui te suivent de loin. Je te souffle des mots car tu t'éloignes. Noyée déjà dans le fleuve africain, tu te laisses emporter, les rives loin de toi défilent et tu es presque bien, il n'y a plus rien à rattraper, rien à vouloir, rien ne s'arrête. On voit de grands passages troubles dans le fleuve et des clairières d'eau-lumière, tu ne veux plus les mots. Pourtant, je sais que tu m'entends.

L'enfant s'endort et plonge dans la nuit d'Afrique, mais sur la rive du sommeil une voix continue de souffler doucement, soulève ses cheveux. Personne ne dira où commence le rêve, où s'affaiblit l'écho de la chanson. Elle a glissé sur lui, mais quand le sommeil est tombé — la main de l'enfant, peu à peu, a quitté la main qu'il tenait — la chanson est restée, à peine un peu plus lente. Je te chante des mots d'avant-sommeil au bord du fleuve amer-amour, je chante seul et doucement ta main n'en finit pas de m'échapper.

L'automne de chez moi ressemble aux poèmes d'automne. La vie commence dans ma classe avec les livres de l'armoire, bibliothèque de l'école. Le 208, couvert de papier bleu pétrole, c'est *Tom Sawyer*. Tom s'égare dans une caverne avec Betty Thatcher. Je retrouve ma fièvre de cette année-là, quand je lisais, malade, avec un grand espace dans ma tête et les mots qui cognaient.

— Est-ce que vous aimez les livres qui font un peu peur ?

La question est venue, étrange, et presque malgré moi. Je leur ai parlé de Dickens, des pensionnats anglais et des greniers de Londres, et de Cosette, et de *L'Île au trésor*. De ces nuits froides, et dans la nuit tous les pièges de l'eau mouvante. Je leur ai dit la peur si douce au creux des pages, au bord des lampes, et je crois qu'ils savaient. Daniel a pris cette semaine *Un conscrit de 1813*. Il aura froid de tant de neige et tant de nuits, il s'endormira mieux de ces lendemains terrifiants promis aux batailles incertaines.

Plusieurs aiment le vert pâli de l'ancienne collection verte, avec de l'or éteint. Ils veulent que ce soit écrit petit, pour eux c'est plus sérieux ; ils font la moue devant les papiers glacés alléchants trop illustrés à la mode enfantine.

Moi, je retrouve un monde et je deviens très pur. Je redeviens silence et fièvre de lecture.

Je me souviens de ta peau douce et je me lève tôt. Dans la forêt mouillée de Saint-Laurent, je me souviens de l'amour fort à se rouler sur des racines et des pommes de pin. Alors c'est la forêt profonde allemande et la mémoire de l'amour, les gestes qui montaient de moi, t'enveloppaient, les gestes veufs et qui se ferment douloureux, l'absence.

Daniel est amoureux. Armelle devant lui ne se retourne pas. Le dos penché sur son cahier, elle relit la dictée. Il rêve sur ses tresses brunes, soupire en regardant par la fenêtre. À la récré, il se tourne vers elle quand il marque un but.

Mais elle ne le voit pas. Ce n'est pas du dédain, je crois qu'elle aime bien Daniel, le trouve peut-être un peu sale — les Launay sont des gens aisés, cela se voit dans les cheveux d'Armelle. M. Métayer, le père de Daniel, n'a pas bonne réputation à Saint-Laurent, s'attarde au café Méranville. Beaucoup d'idées déjà tiennent leurs huit ans prisonniers. Et puis la vie de Daniel simplement ne fait pas envie à Armelle.

Daniel est amoureux. On se détache un peu de soi. Le monde ne tient plus au creux d'un seul regard. Avant, on était tout et rien. On n'était pas, léger, mais le silence des dictées, l'orange de quatre heures. Le temps passe ; on existe soudain dans le regard de l'autre. On ne fait pas envie. Armelle relit sa dictée.

Le soir, je suis le maître d'un domaine un peu désenchanté, palais d'enfance abandonné.

Mme Godard, la femme de service, fait résonner ses balais, son seau d'eau dans le couloir vide. Elle parle de sa fille Lucile, qui veut « faire » institutrice. Et puis elle s'en va sur le coup de six heures.

Je reste seul, et c'est comme autrefois tout un silence à caresser. À l'école de mon enfance, mes rêves dépassaient toujours la vitre. Dans la classe de mon père, assis au pupitre d'un grand du Fin d'études, j'étais Oliver Twist, et l'aventure s'inventait ailleurs, à Londres où je n'irais jamais.

Ce soir je clos sur moi le silence d'une école. Les mots qu'on ne dit pas le jour. Le plaisir des images et les courbes de l'encre bleue. Bien après la sortie, je garde les visages mêlés de l'enfance du jour. Je les garde dociles, et sur les posters d'animaux, l'enfance doucement remonte apprivoisée. Je leur ai lu *Crin Blanc*, demain je leur commencerai l'histoire un peu étrange de Gaspard Fontarelle, pour toujours à la recherche du pays de Maman Jenny. Je me souviens de ce temps-là, de ces pays où l'on n'arrive pas.

Je reste là dans ces odeurs d'encre et de craie, pièges de la mémoire un peu faciles, vagues, refuges amenuisés des enfances endormies. Mais c'est là mon domaine, et les enfances se ressemblent, dans un espace mesuré au parfum un peu âcre. Par-delà les visages, il reste au creux des classes endormies la douceur des villages ; de pleins et déliés en effaceur et stylo feutre, il reste au soir ce parfum d'enfance claire au creux de sa maison. Lenteurs, sagesses, fous rires étouffés, les couleurs délavées de l'aquarelle, et la fraîcheur des premiers mots détrempe le papier.

Tu passerais... Je crois que tu viendrais... Tu aurais ta robe framboise... Je te parle au conditionnel, et n'en finis pas de creuser la saveur douce-amère de ce mode pour les enfants. Je les entends, dans la cour de l'école :

— On aurait dit que tu serais...

Et même, l'autre jour, Daniel lançait à Yves d'un ton sans réplique :

— Moi, je serais le garagiste. Toi, tu serais l'essence : tu puerais.

C'est bien souvent sur ce mode fêlé que je te parle. Comme Daniel, je passe une frontière.

Rêve. Tu viendrais dans une maison blanche et nous ferions l'amour. Il y aurait des cerises oubliées sur la fraîcheur du lin... Mais dans l'autre pays, je garde une petite phrase imperturbable. Si tu n'étais pas morte, tu viendrais. Si tu n'étais pas morte... Ces mots ne dansent pas sur mon cahier, mais blessent le silence de la marge. Pourtant, si tu n'étais pas morte, rien ne serait comme j'essaie d'imaginer. Il n'y aurait pas de maison, là-bas, dans une Provence incertaine. Il n'y aurait pas ce silence — et la réalité s'invente une rumeur de phrases inutiles et de gestes à côté.

Laisse mentir les mots. Je le sais bien. Si tu n'étais pas morte, ce serait si difficile de t'aimer. Mais j'ai le chant du monde enclos dans ma douleur, brûlante sur ce mode ami du rêve et de l'absence.

Tu viendrais ce soir. La clé des premiers mots. Ensuite, le présent peut dire enfin l'ailleurs. Tu as la robe indienne bleu pétrole avec le col d'une écolière d'autrefois. Tu coupes des poivrons dans la cuisine, avec un tout petit couteau à la lame ébréchée. Tu as un peu la coiffure d'Adèle Hugo dans le film de Truffaut, les cheveux lisses, presque bleus. J'ai posé sur la table la lampe d'opaline verte. Je mets beaucoup de temps à couper des tomates près de toi.

Un jour d'octobre, il y a deux ans, tu avais décidé de peindre ta cuisine. Je t'ai aidée un peu pour lessiver, pour passer la première couche rose thé. Après... C'est toi qui menais les images. Pendant un mois j'ai vu naître des frises, des cerises en haut des murs, un peu partout des pierrots solitaires, des petites filles au regard doux. Près du réfrigérateur, une Clémence en imperméable à capuche marchait dans la pluie de l'automne, la démarche très gaie, le regard un peu triste, et des feuilles dansaient...

Tu avais commandé une table en bois blanc, des bancs de ferme, et tu as peint tout cela slave, guirlandes de pivoines et blanc d'hiver. De ta cuisine on ne voyait qu'un bout de ciel, mais à travers des rideaux de guipure, un ciel pour autrefois. La cafetière d'émail rouge restait sur la table jusqu'au soir. Après l'amour, tu dessinais. Moi je lisais à petits coups les livres syncopés de Knut Hamsun, qui commencent parfois avec des phrases à suçoter le temps, à manger le papier pour se rapprocher des sous-bois :

« Il y aura sûrement beaucoup de baies sauvages cette année. Des airelles, des raisins de corneille, des mûres. Non que l'on puisse vivre de baies. Mais leur présence dans les champs est un plaisir, et l'on est heureux de les regarder. Bien des fois aussi, c'est un rafraîchissement de les trouver, quand on a soif et faim. »

C'était dans la couleur des choses de chez toi une musique un peu trop simple et presque maladroite exprès, pour garder le bonheur acide des airelles, et la mélancolie sucrée à peine.

Dans ta cuisine, il faut que j'imagine un nouveau locataire. Aura-t-il décidé de garder tes Clémences sur les murs ? Peut-être bien, car c'est très à la mode, mais j'aimerais bien mieux qu'il ait tout recouvert de laque unie.

On fait tomber les pommes en ce moment dans les vergers. Elles resteront en tas longtemps au pied des arbres, et les pluies glisseront sur elles et les brouillards. Elles deviendront lisses et sentiront de loin. Les promenades et les chagrins seront très forts et doux, âcre et sucrée cette odeur entêtante des vergers qui me viendra de loin, depuis l'enfance du goûter.

Tu ne savais pas la Bretagne, et je t'emmènerai sur les rochers après la plage du Trenez, près de Moëlan. Aux vacances de février j'irai t'y retrouver sur une roche plate, juste au-dessous du chemin côtier déserté. Il y a là des niches dans la pierre où le vent ne mord pas. J'aurai un de ces pulls très longs que tu aimais, où je t'enveloppais le soir dans la douceur-chaleur d'une sécurité d'épaule. Je ne ferai rien d'autre que t'écrire et regarder : la mer et la lenteur des goélands, ce monde de rocher un peu préhistorique et sombre qui s'invente avec la marée basse.

Je ferai ce grand silence en moi que j'attends de la mer, de l'hiver et du vent, toujours plus près de toi quand je m'approche du silence. Il me faudra trouver les mots pour t'inventer dans ce monde changeant. Parfois je laisserai mon abri de patience pour quelques pas sur les rochers à peau plissée de pachyderme, avec des coquillages incrustés, des lambeaux de varech, et ces petites flaques d'eau-lumière où la mer oubliée confond les sortilèges de l'étang dans la mélancolie stagnante des marées perdues.

Je me souviens de ce rocher devant la mer, près de la plage de Trenez. C'était il y a très longtemps, des vacances au mois d'août, et je devais avoir dix ans. C'était à moi, déjà, ce rocher-là, à moi la solitude. Mais il y avait toujours de fourmillants chercheurs de crabes, éparpillés sur les rochers, s'interpellant de prise en prise. Moi je rêvais d'y revenir l'hiver et vraiment seul, ou bien plus tard avec quelqu'un... J'aimais déjà dans la lumière de Trenez ce qui ne pourrait jamais être, alors je sais que tu viendras, dans mon hiver et ce silence gris-lumière.

Je connais désormais les pièges du silence. Avant, quand nous allions dans les appartements de gens qui vivaient seuls, tout nous semblait froid — un poster d'Hamilton s'ennuyait au mur blême. Je ne sais pas si c'est ainsi chez moi — sans doute ma maison d'école sent le vieux garçon, les désordres maniaques, et ma fièvre de toi, de loin, doit ressembler à de l'ennui. Il y a peut-être une odeur insipide de conserve réchauffée — le monde a dû se gercer fade autour de moi.

Dans ta cuisine rose et blanche ma guitare résonnait. Tu m'apprenais le quatre-quarts marbré, la tarte au citron meringuée, acide, amer, sucré, la table était toujours couverte de couleurs, tu dessinais entre des pommes éparpillées. On trouve tes albums aux vitrines des librairies, Cécile a du succès, douce et penchée le long de ton absence.

À Rouen, je reste quelquefois longtemps devant les librairies ; j'attends que des regards d'enfants s'accrochent à Cécile : alors je peux m'éloigner doucement. Je marche rue du Gros-Horloge et me demande si pour eux Cécile c'est aussi, chocolat et citron, les couleurs, les bonheurs d'une cuisine.

Dans les albums anglais, on voit des cuisines profondes. Une dame en tablier brodé prépare des gâteaux dans l'or des lampes à pétrole. La table de cuisine est haute. Une petite fille en robe amidonnée se dresse en regardant sur la pointe des pieds. Ce ne sont pas des gâteaux à manger : c'est pour le cœur de la maison ; la vie s'invente là, dans des rites infinis de farine, de jaunes et de blancs mélangés. L'odeur du gâteau règne, et ça suffit. Dehors, la nuit en est plus bleue, plus froide, dedans le temps ne passe pas.

Je peux tourner les pages ; jeux que l'on prépare, guirlandes à découper... Ce sont des gestes pour plus tard, mais le bonheur est là — on ne fait que semblant d'avancer dans le temps.

Tu dessinais dans ta cuisine des albums pour arrêter le temps. Tu sortais les couleurs, les crayons doux pastel, les palets minuscules d'aquarelle. Des feuilles un peu partout, tu griffonnais Cécile au crayon à papier. Elle ramasse des pommes, cueille des champignons, pousse la porte d'un verger. Elle a les yeux penchés, la marche décidée, le regard immobile. Elle est douceur-mélancolie la fraîcheur un peu rêche du papier, le temps qui se framboise lentement dans le pot de yaourt en verre.

Parfois, tu restais longtemps sans rien faire ; autour de toi ce beau désordre, le cercle d'une lampe basse dessinait des frontières. Tu regardais d'autres albums, et j'ai gardé celui de Carl Larsson que tu aimais, *Notre maison*. C'était, très pâle et lent, dans la paix de chez toi un monde scandinave. Sur la page de couverture, un goûter d'enfants dans un jardin fouillis, palissades, herbes couchées. Une petite fille se retourne vers le peintre, une cuillère à la main, et semble interroger tout le bonheur tranquille d'être là. Et puis, au fil des pages, on découvrait une maison, baignée de soleils d'hiver, et le bleu et le blanc dansaient sur des choses très simples, chien endormi, pelote de laine oubliée. Un commentaire un peu naïf accentuait cette impression de porte furtive entrouverte sur un bonheur-lumière à regarder :

« Comment est venue à Carl Larsson l'idée de peindre *La Fenêtre fleurie* ? Eh bien, personne ne le sait. Peut-être fut-il charmé par la fraîche vision de Suzanne dans sa jolie robe, lorsqu'elle entra dans la pièce pour arroser les fleurs, tandis qu'il faisait la sieste sur le canapé du "coin des paresseux" ?

« — Il faut absolument que je la peigne ainsi !

« Aussitôt dit, il alla chercher sa plume, son encre de Chine, ses papiers, ses couleurs… »

Carl Larsson avait bien de la chance, et peignait le bonheur quand il passait. Je regarde ces chambres claires et bleues que tu aimais. J'étais jaloux de ces albums qui disaient d'autres vies, d'autres climats, des moments si légers, matins d'hiver, soleil blond pâle. Moi j'aurais su, je crois, parler de Prague où tu n'iras jamais… Mais à quoi bon ? L'Ailleurs tenait dans ces livres glacés ; pour toi l'Ailleurs dansait ces goûters sages de l'été, tout était dit.

Je pinçais ma guitare et tu aimais je crois le son de la guitare et les chansons ; comme une odeur de café chaud dans le désordre des couleurs, j'avais ma place au creux de ta cuisine. Mais tu n'écoutais pas vraiment, et je comptais peut-être autant que sur la table en merisier le bouquet d'anémones.

On parlait peu, dans le silence de chez toi. Les mots restaient à l'ombre des couleurs.

J'apportais des cahiers, je corrigeais des dictées, des problèmes. Tu te levais pour préparer le thé.

Autour de moi, je connaissais des gens qui écrivaient, chantaient, dessinaient des albums. Moi j'étais là pour regarder, pour écouter les autres raconter. J'aimais bien écouter, comprendre, regarder. C'était très doux, un peu facile. Je me disais que le bonheur serait mon livre à moi.

Quand tu peignais tes cheveux longs, tout me semblait plus slave. Tu penchais lentement la tête, et tu nattais le temps soyeux de reflets bleus profonds, de languissants balancements, regard perdu dans cet ailleurs de Prague où le silence me précède, un peu vert, un peu gris. Je te suivais dans le silence et les gestes tranquilles. Tes mains dansaient sur tes cheveux des courbes, des lenteurs, une province slave à inventer.

Je me souviens des robes-tabliers de cet hiver qui te faisaient si grave et romantique. C'était dans les tons mauves de tes robes et le bleu-noir de tes cheveux un hiver encerclé par le passage de tes mains. Car nous faisions l'amour, tu préparais du thé, tu mettais des couleurs, des miettes tombaient sur la table, et le temps me poignait. Tu me quittais parfois pour le silence des pinceaux. Je pensais trop souvent que tu ne m'aimais pas, mais je sais aujourd'hui que c'était le bonheur ; le temps me brûlait à l'avance.

Tu dois dormir sous les mots sages de l'hiver. J'écris pour ce sommeil et la blessure réveillée, pour inventer d'autres soirées, d'autres silences. Je lisais près de toi *La Fuite en douce, L'Ancolie* : j'aimais les mots qui s'enroulaient patiences autour des aquarelles de chez toi. Des livres, des chansons venaient s'installer doucement au creux de nos silences. *Paroles de laine*. J'ai découvert un jour ce titre de Trassard qui disait bien les choses de chez toi. Il y avait Jean Sommer, sa voix couleur enfance et les images résonnaient :

« Avril en chemise à coucous
A sonné d'un lalaïtou
L'hallali bleu des gelées blanches. »

Des mots, des couleurs, des chansons. Le temps se ressemblait chez toi ; Cécile commandait des ombres amies, de balançoire en chemin d'eau. C'est elle qui menait le temps de l'aquarelle.

La table sera mise dans la maison blanche, tu viendras. La nappe sera lourde et rêche et blanche. J'aurai mis des couleurs, des tomates et du pain, des cerises égrenées sur la fraîcheur du lin. Tu viendras sans rien dire. Dehors la rumeur de l'été, dedans le bleu de l'ombre. Je te regarderai manger, tu auras faim. Bonheur les petits bruits que tu feras. J'irai chercher de l'eau, je couperai le pain. Je serai là, mais tu n'attendras pas de moi que je te parle. Dans la chambre du haut trop vide aux murs crépis nous ferons lentement l'amour sur le lit bas. Par les persiennes entrebâillées une flèche de lumière passera, nous marquera le temps, coup de poignard sur le bonheur-silence…

C'est en Provence il y a longtemps, demain, jamais… Je sais la maison oubliée, recouverte de lierre, et la haie de cyprès. Tu es venue, mais c'est une autre vie. Je ne vois pas la robe de ce jour, je n'entends pas ta voix, mais la rumeur d'été, mais la lenteur-vertige de nos gestes, et, sur la nappe de midi, quelques cerises sont restées.

Le jour là-bas connaît les lenteurs de l'été. Le matin je me lève avant toi, je prends le vieux vélo, le ciel est déjà bleu, un peu lavande, il est sept heures. Je pars chercher le pain, les journaux frais.

À Saint-Rémy, les vacanciers dorment encore. Personne à la terrasse du Café des Arts. Il va faire très beau. Dans quelques heures le marché bourdonnera. Sur les étals de pêches et d'abricots, la lumière jouera blonde.

Toi, tu dors dans la maison blanche. Des haies de cyprès sombres enferment ton sommeil. Je quitte la rumeur naissante de la ville ; à petits coups de pédales grinçants, je reviens sur la route où passent des voitures de marchands. À la sortie de Saint-Rémy, on passe sous une arche sombre de platanes. Tu es au bout d'une course très sage, à petits coups de pédales grinçants. Tu dors là-bas dans la blancheur imaginaire de l'été.

Tu m'as laissé des disques un peu usés, qui sautent et râpent au bon moment, quand Segovia coule au plus chaud l'or liquide de la guitare — juste ces quelques notes, qui nous faisaient si mal et bien... J'ai vu le disque à Rouen, mercredi dernier, et je n'ai pas voulu le racheter. Finalement, c'est bien qu'il soit rayé. On n'enregistre pas le poids du temps qui tourne en trente-trois tours, sur les rideaux vichy de ta cuisine et les volets fermés contre la nuit.

Ces notes-là que tu aimais, c'était un tout petit passage d'un morceau de Castelnuovo-Tedesco qui a fini de dire un peu le soir et le silence de chez toi.

Dans quelque salon Verdurin des temps modernes on nous l'aurait joué... L'hymne officiel de notre amour. Nous ne connaîtrons pas ce ridicule délicieux d'être le couple Untel, et je te vois sourire à des années-lumière. Je sens parfois quand je t'écris ce sourire amusé, j'entends comme une demi-phrase tomber de tes lèvres. J'écris surtout pour ça. Tu ne revivras pas, mais il y a ce chemin des mots qui mène un peu plus près de ton sourire ; le souvenir ne te rend pas, mais tu sourds quelquefois de cette folie douce de t'écrire, avec au bout le son-vertige de ta voix.

Chaleurs faciles je revois les soirs d'hiver. Tu allumais des lampes vénitiennes avec la peau des clémentines. Plus tard tu dessinais.

— Tu boirais un vin chaud ?

Ta voix glissait sur le silence. Je te regardais de dos : tes gestes lents dans la cuisine, avec la lampe boule en papier rose. Odeurs mêlées de citron, de cannelle, c'était toi dans le rose pâle d'une lampe de papier. Tu éteignais la lampe. Nous regardions le vin flamber sur l'invisible cuisinière. La flamme un peu trop bleue passait si vite...

L'alcool de ce temps-là danse bleu chante flamme au creux de moi.

J'ai tout le temps qu'il faut, ta mort me fait du bien. Avant, le temps me possédait ; en retard sur ta vie, tout me brûlait, je te manquais. L'enfance remontait, blessure transparente.

Un petit garçon maladroit, cheveux trop courts. On ne peut pas vraiment être amoureux de lui. Mais si cela lui plaît d'être amoureux, alors sa vie sera mélancolie-douceur à l'ombre bleue de celle…

C'est lui qui l'a choisie. Tu es partie, douceur-mélancolie, la vie a gardé tes couleurs. Un peu plus pâles, un peu plus lente. Je t'ai gardée au creux d'une vallée. La brume s'y endort l'hiver, et le talent de toi, léger, s'attarde dans l'école. C'est l'heure de dessin. Les vieux pots de Danone se remplissent d'eau très claire et puis se grisent, se framboisent. Je te garde aquarelle au creux d'une maison.

J'aimais bien six heures du matin, traverser le silence des places de la ville, aller chercher le pain, parler du temps avec la boulangère… Les gens marchaient vite, et je me levais tôt pour flâner dans le froid, mains dans les poches, heureux, dans le secret bleu-gris de ta ville endormie.

Tu dormais quelque part, engloutie dans la nuit au creux de ce bateau tendu vers l'aube.

Je t'aimais d'un peu loin, la ville inventait la distance et puis te protégeait. Je prenais ton écharpe. Douceur un peu rêche sur mes lèvres au long des rues du quartier Saint-Maclou. Les chats glissaient de pavés en gouttières et tu me tenais chaud. J'achetais le journal, j'allais le lire sur le zinc d'un bistrot matinal, et c'était le premier café — le temps s'arrêtait comme avant de commencer, j'aimais cette marge inutile.

Car tu avais dormi pendant que je flânais ; je t'éveillais avec des bruits mal étouffés de casserole et d'eau à bouillir sur le feu…

Avec les grands du cours moyen, on peut déjà se poser des questions. La grammaire n'est pas mon fort, mais l'autre jour j'ai demandé :

— Qu'est-ce qu'un mode ?

Certains savaient un peu pour la musique. Mais en grammaire, il y a l'indicatif. Action réelle. Tu es là. Tu as les cheveux longs, nattés, tu coupes des poivrons dans la cuisine.

— Ça s'passe vraiment, m'sieur !

Oui, Stéphane, ça se passe vraiment, ça s'est passé ou ça se passera. Tu aimais bien les chansons de Duteil et ce café d'étudiants rue Saint-Romain. Tu viendras dans la maison blanche, il fera chaud. L'impératif est un tout petit mode qui ne mène pas à grand-chose : « Marche ! », « Passe ! », ordres nus qui n'attendent rien de la réalité qu'une parfaite identité avec des désirs secs... Le subjonctif est plein de fines intentions, mais les élèves n'y croient pas beaucoup :

— M'sieur, c'est ridicule ! On ne voit jamais ça !

J'eusse aimé que tu vinsses. Certes je l'eusse aimé ma douce amie. On pouvait sans doute être triste sur une phrase comme celle-là, au dix-septième. Même les modes se démodent, et les mots que j'écris, combien de temps garderont-ils une couleur à te trouver ?

La sœur de Christine Basnier vient quelquefois l'attendre à la sortie de l'étude. J'ai su par une rédaction qu'elle s'appelle Évangeline. Son prénom lui ressemble assez. Belle, brune, mince, cheveux longs. Elle est en première au lycée de Plainville. Presque toujours en jean, elle avait l'autre soir une robe de coton blanc. Nous n'avons jamais parlé vraiment.

— Christine est punie ?

— Non, il n'y a pas de punis. Elle termine son devoir.

Mais rien du tout le plus souvent. Nous nous regardons longtemps. C'est devenu une habitude. Il y a comme un pays infime au jeu de ces regards, et qui commence à me manquer quand elle ne passe plus.

Elle est la jeune fille. Nous savons délicieusement qu'il n'y aura jamais entre nous que ces regards et du silence. Bien sûr, lorsqu'elle s'approche trop, le langage des regards cesse :

— Christine peut venir ?

Mais la distance retrouvée invente le mystère, et sur la route qui descend vers l'église elle se retourne. Complicité à peine. C'est assez sérieux. Un autre pays où le regard commence avec les pièges du silence.

Nous n'avions pas beaucoup d'amis, mais Jocelyne aimait le chocolat chaud que tu préparais, avec de gros morceaux qui fondaient dans la casserole. Elle avait suivi comme toi les cours de dessin des Beaux-Arts à l'Aître Saint-Maclou, et commençait à vivre plus ou moins d'aquarelles gris pâle. Son univers, c'était le ciel d'Honfleur, l'hiver sur une plage vide à Villerville ou à Cabourg. Ses ciels mélancolie-douceur s'étiraient en fumée sur le papier pour aquarelle détrempé.

Elle apportait chez toi des choses à retoucher, pour un silence d'amitié, la paix du soir et les gestes tranquilles. J'aimais ces gris froids de l'hiver dans le blond de tes lampes, ces formes vagues et diluées, noyées dans un ciel de sommeil interminable et pâle. Je me souviens de ces soirées de peu de mots. Sur les dessins de Jocelyne, l'hiver semblait ne jamais en finir et c'était bien. Je ne voulais qu'un grand hiver et vos gestes légers sur le papier mouillé de l'aquarelle.

Sur la fin des soirées, je prenais ma guitare. Un soir, je fredonnais cette chanson que vous ne saviez pas :

« Une boule en verre
Tu la secoues la neige
Tombe douce au ralenti
Sur un fond de ciel turquoise
Le rêve s'apprivoise
Flotte à l'infini. »

La mélodie est lente à s'endormir comme on tombe en rêvant. Je me souviens de ce soir-là, votre silence et la chanson dans la nuit de l'hiver. Vous ne dessinez plus. Bientôt tu nous proposeras du thé, Jocelyne repartira. Je me souviens de la guitare, le rêve s'apprivoise et les couleurs sur le silence de la table.

À l'école de la rue Joseph-de-Maistre. Dans un village de Paris ton école a gardé pour moi ce nom de rue, clairière de l'enfance avec son matricule... Je n'en sais rien de plus que des murs étouffants dressés contre la rue, contre le fleuve des voitures et le mal poisseux de Paris, enfance à l'ombre du mur blême préservée.

Les murs étaient légers pour toi, l'école une fontaine. Tu regardais la ronde et tu n'y entrais pas. Ce n'était pas vraiment la solitude : mais tu gardais au creux de toi les vertiges et les images. Tu m'as parlé de la gouttière qui fuyait les jours d'averse. Sous le préau tu regardais la pluie tomber. La poussière mouillée sentait déjà l'été...

L'école n'était pas une prison. Tu en aimais tous les silences, et les lenteurs, et les patiences. Une marge pour le rêve, et les dessins légers de l'encre bleue. Bien sûr, il y avait des mots écrits en rouge, mais cette chanson bleue t'appartenait, petites courbes fines qui se ressemblaient, frises en couleurs pour séparer les jours, tu dessinais des abricots, des voiliers, des chevaux. Pour la récitation, tu gardais toujours une page blanche ; sur ton dessin, tu écrivais des phrases inventées, dans la couleur de tes poèmes. Tu m'as donné ce cahier-là. J'aime la page des Rois Mages :

« Et tandis qu'il tenait son seau d'eau par son anse,
Dans l'humble rond de ciel où buvaient les chameaux,
Il vit l'étoile d'or qui dansait en silence. »

Sur ton dessin, le roi noir est bien filiforme. Un chameau grêle de profil semble flotter dans l'air. Tu as écrit en travers de la page : il ne faut pas être trop intelligent.

Il m'a manqué du temps pour te parler de mon enfance. Elle me faisait si mal déjà quand tu vivais. Je te disais des habitudes, des soirs exceptionnels, celui où Maman avait annoncé dans la cuisine, à Louveciennes :

— Ce soir nous mangerons tôt. Après, nous irons au cinéma voir un film pour toi. Un très beau film. Ça s'appelle *Bambi.*

Tu répondais en me parlant de tes soirs de Paris, le cirque Médrano, *La Chute de l'Empire romain* en relief au Kinopanorama. L'enfance n'était pas vraiment dans ces rappels maladroits de surface, ces kyrielles de détails qui ne réveillaient rien.

Maintenant tu es morte, et l'enfance me vient sur la blancheur-silence du papier. Non pas ces valses de Chopin que mon frère jouait le dimanche matin — elles traversaient le mur de la salle à manger pour prolonger mes rêves et puis me réveiller — mais sur ces notes l'espace retrouvé des dimanches autrefois. Le temps était plus fort, peurs du soir évanouies, désir de la journée — tout cet aval de rites simples, magiques : chemise blanche, la messe avec ma sœur Sylvie, en rentrant l'odeur du poulet rôti, promenade au parc de Saint-Cloud, puis au retour ce délicieux goûter-repas qui nous faisait un très long soir ; on s'installait sur la table vernie, Maman et Papa corrigeaient leurs cahiers dans le cercle chaud d'une lampe basse. Je lisais très longtemps *Fred et Sunny, Cyrano de Bergerac* ou *Le Champion*, de Paul Berna. Lectures inégales ; je ne savais rien des auteurs : Priscilla Willis, Enid Blyton, Alexandre Dumas, les tranches bigarrées rangées sur mon cosy livraient des noms interchangeables, échos pour moi d'une couleur, et je ne jugeais pas. Je relisais pour la couleur comme on choisit diabolo-menthe ou grenadine. Il y avait des jours sereins à Club des cinq, et des dimanches sombres à Erckmann-Chatrian.

Le jour avait le goût des livres et puis les livres avaient le goût des jours. Ils m'apprenaient le douloureux chemin de l'impossible. Le héros seul avait la chance d'être aimé. Dans notre cour d'école, un seul pouvait prétendre ressembler à ce portrait du beau séducteur courageux. Nous le suivions, sur nos chevaux imaginaires, nous dandinant pour imiter le trot. Je remâchais ma honte de soudard et je savais déjà...

Plus tard tu ne m'aimerais pas vraiment, pas en tout cas de cet amour glacial et pur qui naît de l'action seule. Il me faudrait des mots pour te chercher, pour te parler, et pour gommer l'espace entre mes rêves et toi lointaine.

Paroles oubliées, dans la couleur des soirs où je t'aimais, paroles sourdes refermées entre les murs profonds de la rue Saint-Romain. Tu es partie. J'ai des mots bleus penchés sur un cahier pour te parler de mon enfance.

C'était toi dans le jardin de Chaponval. Tu t'appelais Christine, et tu avais cinq ans. Nous mangions des groseilles acides, bien après l'heure du goûter. Le temps durait, tu mangeais des groseilles dans mes mains. On entendait enfin la voix de ta maman crier « Christine ! », et tu partais jusqu'à demain.

Tu habitais en face de chez moi une maison à balançoire, c'est tout ce que j'en sais. Un jour, je t'ai fait mal en t'enroulant par jeu avec la corde ; tu as gardé la cicatrice, et j'ai gardé bien plus que le remords le souvenir de phrases étranges :

— Mais enfin, Christine est une petite fille ! Il ne faut pas être brutal.

Les filles sont un autre monde, et je m'en souviendrai. Elles deviendront cet ailleurs difficile où je te reconnais, pays à inventer pour le bonheur de passer la frontière.

C'était toujours toi par avance, des couleurs, des chagrins, mélancolies d'adolescence, et puis enfin ce grand sommeil, absence sur velours, une ronde impossible refermée.

Un soir de bal à la campagne, tu ne viendras pas ; un chocolat amer dans les rues de Bayonne, cette robe de coton blanc. Elle t'irait bien un jour à Prague qui n'existe pas. Je sais les couleurs oubliées, les gestes suspendus. Je te les dis dans la lenteur de ma vallée d'absence.

La petite fille un peu folle qui arrivait en retard au catéchisme, c'était toi. J'entendais la porte calfeutrée de l'église se refermer sur un souffle de vent ; elle arrivait, les nattes en bataille, le curé fronçait les sourcils. Elle esquissait un semblant de génuflexion, se glissait côté filles dans un rang studieux.

Je récitais machinalement à une dame très gentille ces leçons si faciles où les deux tiers de la réponse sont dans la question :

— Quelles sont les quatre fêtes d'obligation ?

— Les quatre fêtes d'obligation sont...

Là-bas, tout près, Nathalie Stierski chahutait vaguement, pinçait des dos, tirait des couettes, et ne me regardait jamais. Son frère était dans ma classe de cours moyen. Je me souviens de ce jeudi d'hiver, il m'avait invité dans leur grande maison austère et vide. Nathalie ne m'avait même pas dit bonjour, et son frère avait décrété d'emblée :

— On ne va pas jouer avec ma sœur. Elle est un peu cinglée.

Tu t'appelais Françoise, et tu avais douze ans. Au cours de sciences nat., je te prenais la main, dans l'ombre et la fraîcheur de ces séances de diapositives... Je me fichais pas mal des spores, et du trajet fatal des graines dans l'espace. Pourtant je t'aimais moins déjà qu'au long de ce premier trimestre de cinquième où tu ne me regardais pas. À la récré, c'était pour toi que je courais au jeu de l'épervier, mais quand je distançais le chasseur lancé à mes trousses, tu lisais *Mademoiselle Âge Tendre* sur un banc, avec d'autres filles.

Cette année-là, je fus très malade au printemps. Les murs s'éloignaient dans la fièvre, l'armoire grandissait, se rapprochait sans cesse... Dans ma longue convalescence il faisait beau déjà, lumière d'avril pâle et tu me blessais loin. Un jour, mon copain Arari passa me donner les devoirs et m'annonça :

— Françoise veut bien être ton amie.

Ce que tous mes exploits ne m'avaient pas valu, l'absence déjà l'emportait. Quand je revins dans la cour du lycée tu ne dis rien, mais au premier cours de français Arari s'installa au fond de la classe, tu vins t'asseoir près de moi en silence.

C'était toi cette absence et le mal du printemps, le bonheur au-delà... À la radio, cette année-là, on entendait la voix sauvage d'Hugues Aufray sur un rythme obsédant de valse bolivienne :

« Mais je sens la brûlure
D'une douleur qui m'étreint
Comme une ancienne blessure
Dès que le printemps revient. »

Derrière les mots, on entendait des trompettes douces et déchirantes. J'aimais déjà tout ce qui brûle et qui déchire, attente et souvenirs mêlés, chansons faciles et le bonheur un peu plus loin. Je vivais par avance au mois d'avril d'une lente convalescence cette patience de t'écrire et te savoir un peu plus loin, à l'horizon des pages blanches.

Tu attends le car de ramassage, un soir, devant ton collège à Verneuil. Tu portes tes bouquins dans une sangle bariolée, tu as treize ans, les cheveux longs. Des garçons te regardent et tu ne les vois pas. Tu montes dans le car et tu t'assois. Il pleut ; des balafres de pluie cinglent la vitre et restent en suspens quelques secondes, la campagne est trouble.

Ce n'est pas vrai, tu vivais à Paris, tu ne connaissais pas la poésie du car de ramassage... Mais je t'ai attendue parfois sur ces images-là, j'ai tout rêvé de ton silence et de la pluie du soir. Le car est jaune et bleu.

Il y a une maison que j'aime, à Saint-Laurent. J'y passe chaque jour, car la mère Dubois ne ferme jamais sa boutique. « Maison Dubois, Épicerie Fine » ; les lettres chocolat s'effacent sur le mur rouillé, beigeâtre. On devine par en dessous la silhouette fantomatique d'une très ancienne réclame pour le Saint-Raphaël, un garçon de café tout blanc, de profil ; bientôt la pluie aura raison de son service hiératique. Entre le café Méranville et la boulangerie, en face de l'église, l'épicerie Dubois est très bien située, mais va sur le déclin. Le père Dubois est mort il y a dix ans. Sa femme allait souvent le rechercher chez Méranville. Mais plus que de la mort de sa moitié, la mère Dubois souffre de la présence du supermarché dont l'enseigne au néon brille en rouge éclatant près du garage Antar. Là-bas tout est moins cher, et puis là-bas ils sont aimables.

Il faut dire que la mère Dubois est un peu spéciale. Sur la porte en bois vert un écriteau annonce la couleur : « Pas de chiens ! » La première fois que j'ai osé me risquer dans son antre chichement éclairé, ses premiers mots sont tombés rogues :

— Non, y en a plus, du café !

Et puis elle est parfois un peu vexante :

— Oui, y a des girolles, mais c'est pas pour vous. Elles sont trop chères.

Certains ont renoncé, devant son sens aigu de l'analyse sociale. Elle garde quelques partisans, à cause de ses œufs de ferme, de son pâté sans cellophane, à cause surtout de sa bienveillance bourrue, sous l'écorce revêche. Sa concurrente a des sourires avec la bouche, et des ragots. La mère Dubois ne parle que du temps, et des mérites comparés des cafés emballés sous vide.

Moi j'aime bien son éternel tablier blanc, ses engonçants paletots gris. Les mains croisées sur son ventre proéminent, elle me lance :

— Ça va-t'y ? C'est-y vot'temps ?

Je fais partie du cercle des élus. Chez elle j'aime tout, les cageots empilés à la diable, les jouets à quatre sous entre le lait et la machine à couper le jambon. Au mur, des bouteilles sucreuses de sirop dorment sous la poussière. Un jour, j'ai désigné un litre d'abricot :

— J'vais pas vous donner ça, mon pauv' monsieur. C'est bien trop vieux !

Elle a ainsi, pour décorer, des épaves d'un autre temps, des marques oubliées, une bouteille de liqueur blanchâtre — une ballerine en tutu rose danse au fond.

J'ai dû faire la morale aux gosses de l'école qui lui volaient joyeusement les Barofrui, les

Carambar. Dans la taverne rougeoyante entre les vins, les confitures, je passe chaque jour deux fois — pour revenir, je fais semblant d'oublier l'huile ou le fromage. La mère Dubois n'est pas dupe, et sait qu'on aime bien son fouillis minutieux, sa phrase rituelle avant de couper le gruyère :

— Un morceau comment, qu'vous voulez ?

Elle se lève tôt, prévoit le temps sans se tromper avec les changements de lune. Dans les matins d'hiver, elle est la première lampe allumée, pour ceux de chez Rohmer qui s'en reviennent des trois huit. Quand elle mourra, personne ne prendra le fonds ; la mère Dubois n'a plus de famille. Elle est de tous les jours l'épicière et ça lui suffit, elle est tout un pan de village avec des rites par-dessous, plein de sagesse avec un peu de désespoir, le calme avec la mort bercée l'après-midi dans le silence du village.

Un jour, tu viendras dans l'épicerie. J'achèterai des confitures, et tout le soir nous resterons sur la table de la cuisine, entre le gel de la groseille et l'âcre épaisseur du cassis. Nous mangerons à même la cuillère, et tu auras ton pull de laine rousse dans la nuit d'octobre. Nous parlerons longtemps au milieu de la nuit, bonheur des confitures, et tu tiendras l'automne au noir de tes cheveux penchés sur le bois de la table, dans ce reflet de la lampe d'opale sur ton cou.

Je dis le soir enclos dans la fièvre de te revoir ; il me faudra parler velours avec la fièvre par-dessous, car tu viendras pour une nuit. Tu choisiras une saison, un jour comme les autres — il aura plu, peut-être, il y aura eu dictée l'après-midi, je ne t'attendrai pas. Tu viendras bien trop tôt, et ce jour-là j'aurai mis par hasard mon pull marine.

Car tu sais bien les jours de solitude où j'enfilais ce pull que tu mettais parfois. Tu sais tout le bonheur que j'ai rêvé des confitures dans les nuits d'automne où mon poêle ne marchait pas. Je t'ai réchauffé le silence avec de la guitare et puis des mots sur un cahier, j'ai des images grises pour l'hiver « du temps où grand-maman croisait la reine Victoria », des images à tomber dans le creux de l'hiver, dans le chaud et le bien des portes refermées, des brouillards savourés de tous les ciels de

Londres, au creux des lits dans l'océan de cette couverture à carreaux jaunes et bleus. Il y aura des couleurs, l'hiver, quand tu viendras.

Elle ne me fait pas peur, la blancheur de ces pages. J'ai tant de temps à allonger, tant de chances de te trouver sur la chanson des mots. Bien sûr, à ce jeu simple, un peu systématique, on ne rencontre pas toujours ce que l'on cherche, et la mémoire involontaire s'annonce par avance désarmée. Mais que les éclats resurgis me viennent au hasard, que les reflets de toi m'éloignent de la mise en scène. Je ne veux pas être le maître, dans ce théâtre d'ombres entre la mémoire et l'oubli. Les signes d'autrefois se croisent au-delà de moi ; je balbutie les premiers mots d'un monde qui m'échappe, et c'est une souffrance du bonheur : souffrance je te perds pour la seconde fois, bonheur je reste là, spectateur ébloui du temps qui s'allonge blessé.

Je me souviens de ton enfance. Sur le pont Caulaincourt un jour de neige tu jouais. Autour la ville est noire et tu souris, transparente, éblouie.

Tu m'as donné cette photo de toi que j'ai gardée, clé d'un domaine difficile où je te suis. Tu dessines déjà des faisans à carreaux, tu es dans la cuisine ; à six heures tu vas regarder *Ivanohé* à la télévision. C'est jeudi soir et je suis là, tout près de tes six ans. La neige à Paris fond les fins d'après-midi. Le square en face de chez toi s'endort, il faut très tôt de la lumière et tu t'ennuies.

Tu es dans un village de Paris. À l'école de la rue Joseph-de-Maistre, tu es là dans un coin de cour, tu regardes la ronde et tu n'y entres pas. Tu n'es pas vraiment solitaire. Le monde autour de toi doucement t'enveloppe. Il y a une gouttière qui descend le long du mur, et tu regardes l'eau tomber. Tablier bleu et blanc, cheveux qui dansent, casque noir, on t'appelle et tu tournes la tête.

Je ne dirai pas ce nom que j'entends, ce nom d'une autre enfance... Car je suis là au creux de toi, et doucement je te pénètre. La ronde tourne autour de moi. C'est un geste d'amour. Tu me parlais de la gouttière et de l'eau qui tombait. Je me grandis vers toi dans le silence d'une école, et je m'invente les villages de Paris. En rentrant de l'école, tu traverses le square. Il y a les virtuoses de la corde, croisée, décroisée...

À la devanture du bazar, devant chez toi, pendent, jaune citron, rouge framboise, des cordes aux poignées de bois peint. Si c'est oui, c'est de l'espérance, si c'est non...

Poussière dans le square, soleil, silence de midi. Le ciel en haut des rues s'invente des villages, et je t'attends.

Pluies. Ce sont des mois où rien ne passe. Les gens ne sortent pas. La Risle lentement gagne des bouts de champs, laisse en se retirant des mares d'argent pâle, et tout est sourd et long. Chemins lavés, demain n'existe pas vraiment. Je me promène sous la pluie. C'est mercredi ; des enfants jouent au foot sur le terrain gorgé d'eau de Saint-Laurent. Daniel, gardien de but, se roule dans la boue, Pascal me lance :

— Vous jouez avec nous, m'sieur ?

Parfois je joue avec eux. Au début, on me passait toujours la balle, mais je suis devenu un partenaire comme les autres, avec plus de bonheur et ce goût étonnant des choses qu'on croyait perdues. J'aime l'odeur de l'herbe, cet essoufflement qui brûle la poitrine… J'entends déjà Pascal raconter à son père :

— M'sieur Chatel, eh bien il a joué en cadets au Stade français.

Je suis très flatté. J'en remets un peu sur la technique qui se perd :

— Ça fait quatre ans que je n'ai pas touché une balle !

Ce n'est pas vrai. Quand il traîne un ballon sous le préau, je joue contre le mur, et le choc de la balle me réveille d'autres préaux d'école et des bonheurs.

Je n'ai pas eu le temps de t'emmener partout, dans les déserts d'ennui, dans les provinces... Un dimanche de juin, grand soleil, jour de la communion d'une cousine. On est partis très tôt pour ce petit village du Mantois, près de la Seine, et j'ai huit ans. Il y a surtout des vieilles dames, et des enfants trop grands. La cousine, je la connais à peine ; impressionné par sa beauté déjà haute et sombre, je ne lui parle pas. Sa maman est institutrice. On mange interminablement dans la maison d'école, les parents s'extasient sur la vaisselle ancienne. Une petite fille répète avec ostentation : « Je suis repue ! », et l'on admire son vocabulaire. Il y a l'ennui gelé de la pièce montée, sucreuse et cartonnée. Enfin j'ai le droit de sortir...

Seul dans la cour de cette école du Vaudreuil, je vois passer dans le ciel bleu ce beau jour inutile. Je pense à celle qui viendrait me suivre à l'ombre du préau, grimperait à la grille — on a des grappes de glycine en plein visage, et leur odeur passée de vieille dame qui sent bon.

C'est toi dans les dimanches, c'est ton absence ou toi, mais la même douceur le long de ces glycines fraîches et tristes. Il fait très beau, c'est pour plus tard, quand la vie me ressemblera, quand tu auras envie de mes dimanches.

C'est ça l'enfance, on croise des couleurs en se disant c'est pour plus tard, on gardera le ciel de juin, on gommera l'ennui des repas de famille. L'enfance passe, et c'est le ciel de juin qui change et s'affadit. Je sais qu'on a fermé l'école du Vaudreuil, et la glycine... Je me souviens des grappes sur mes lèvres, le mauve pâle dans les yeux. Je me souviens du mal d'attente, inutile secret d'une enfance à te rêver loin.

Il y a dans le quartier de Saint-Maclou des rues de Moyen Âge étroites et sombres, les maisons s'étranglent, on ne voit plus le ciel... J'aimais près de chez toi la rue des Hauts-Mariages, à la fin de novembre, quand le brouillard de nuit descend comme une écharpe d'Angleterre, les lampes de la rue pâlissent et se diluent dans l'air-buvard.

Je marchais lentement dans ton quartier fantôme. Par le brouillard d'automne on avançait, pas cotonneux, comme au fond de la mer autour de Saint-Maclou, bateau perdu dans un naufrage, entre les mâts cette dentelle de chimères, et par-dessus tout un espace bleu profond et lourd. Au fond de cette mer-province de chez toi des lampes s'allumaient sur des êtres bizarres, hors du temps : la dame de la boutique des Beaux-Arts, le vieux luthier de Mirecourt, divinités marines aux gestes lents et sages, aux mains rassurantes posées sur le bois, le papier, mais dérivant dans le brouillard aux flancs du grand bateau fantôme, avec au fond des yeux la paix de la folie.

Tu as traversé des brouillards, tu es passée le soir dans les ruelles. Près de l'église on ne peut pas se perdre, un courant vous encercle, on tourne ainsi sans fin, le brouillard vous protège. Un jour on va un peu plus loin, vers un autre vertige, des lumières, un banc de poissons bouge, la mer est plus sombre là-bas. Le brouillard vous encercle, on ne reconnaît plus le nom des rues.

Tu es passée si vite au creux de moi ; le temps d'après s'endort et te ressemble. Ensemble nous avons tracé des cercles autour des lampes, dans la lumière les couleurs, à l'ombre le velours… Mais il n'y avait pas d'habitudes, si peu de jours à inventer... Je n'ai pas eu le temps d'être pour toi ce que les jours font des jardins secrets de la tendresse : le grand frère ou l'ami, le silencieux, le chaud. Tu m'aimais presque, et je n'avais qu'un dur désir. J'aurais voulu donner, mais je n'ai fait qu'essayer de saisir. Aujourd'hui que les jours te font loin de mes mains, je pense à ces caresses qui me sont restées, à ces phrases de presque rien qui t'auraient amusée, à des histoires drôles — j'ai mal de ton rire lointain qui n'a pas résonné.

Absence mon pays, tu étais douée, je crois, pour cette vie de tous les jours que je n'ai pas connue, pour couper court aux habitudes et tout réinventer. Je me rappelle comme on riait en faisant la vaisselle, comme on dansait sur la radio, et je ne sais pas si l'ennui...

Je n'ai rien su de tes limites. Quelques soirs de cafard, un sourire contraint, quelques gestes à côté. Je pensais à plus tard, bien plus loin que ta chambre, à la maison d'ensemble quelque part, une maison d'école comme ici, tout près de ton enfance. Tu aurais dessiné dans ma maison d'école, avec ce kilt à carreaux verts et bleus, un mercredi d'automne. Il pleut. Le feu crépite dans la petite cheminée de la cuisine. Sur la toile cirée, tu commences un nouvel album : *Vincent et l'Oiseau blanc*. Vincent suit l'oiseau blanc. Il disparaît dans une fleur immense. Orange et blanc, je tombe dans la fleur-vertige avec les rêves de Vincent. L'oiseau de fièvre doucement descend dans le grand vide de la page blanche.

Le petit frère de Sylvie Recours est très malade. Elle en parle sans larmes, avec au fond des yeux le poids de l'habitude du chagrin. Il est allergique aux jouets en caoutchouc, aux fleurs, aux arbres. Tout est trop fort pour lui, vivre l'étouffe. Je suis allé voir les parents : ils habitent l'ancienne gare, près de la voie désaffectée qui menait à Bernay.

Sylvain est là dans une chambre bleue, reclus, avec un regard triste et quelquefois comme un éclair qui semble de reproche. Il ne pourra se rendre en classe l'an prochain. J'ai proposé à ses parents de venir lui faire un peu l'école à domicile, le soir, le mercredi matin. Ils n'étaient pas vraiment confus, plutôt un peu honteux. Ils ne m'ont pas parlé de prix...

Je ne leur ai pas dit combien ce serait bon pour moi de pénétrer un peu au cœur de Saint-Laurent, à l'intérieur d'une maison, et comme un premier pas — me glisser lentement au creux de mon village.

Si tu étais encore là, tu ne serais sans doute rien de plus qu'une brûlure, la différence apprivoisée, mais lointaine à jamais. Tu as quitté le monde des couleurs, des gommes, des pastels, le grain trop rêche des papiers. Tu as quitté la rue du Gros-Horloge où l'on marchait les soirs de juin, dans une ville à moitié morte aux magasins fermés, très tard déjà sur le chemin d'ensemble. Tu as quitté cette moitié du monde où je voulais t'atteindre. Mais je te sens plus forte et sourde au creux de moi. Je te retrouve au cercle de l'enfance. Je te retrouve en moi l'autre moitié du monde, et sage enfin j'ai tout ce qui n'est plus. J'apprends comme il est simple et fort d'aimer tout seul. Ivresse maîtrisée, je réinvente lancinantes les rues de l'été ; nous n'étions pas toujours ensemble et la mémoire a brûlé les distances.

Rue Marcadet, c'est là le nom de ton village. Il y a des traces de couleur dans la cage d'escalier, un tapis rouge sur les marches. La concierge a mis des plantes vertes dans l'entrée. Derrière la porte noire, cette lumière d'aquarium est le début des choses de chez toi. « MM. les locataires sont priés... » Le petit écriteau, carton jauni, fait partie du décor, tu le regardes sans le lire, appuies sur le bouton. Il y a une sonnerie sourde, et la porte s'entrouvre : il faut pousser très fort, et voilà, c'est la rue, le square en face et son goût de jeudi.

Quand tu repars pour le lycée, à l'heure de midi, le square est presque vide. Tu aimes y passer lentement, à la main la pomme du dessert ou un bouquin, leçon d'anglais à réviser, compo de maths... Entre les pages ton regard se perd dans le grand toit-feuillage.

Je te suis, ce jour-là ; une pluie tiède de septembre s'attarde dans les marronniers, tombe comme à regret sur la poussière chaude. Tu aimes bien les premiers jours de classe, les livres neufs, la peur et le désir des nouveaux profs. Ton pull sent bon la laine un peu mouillée ; tu avances très lentement, mais tu avances et tu t'éloignes. Déjà le petit portillon du square s'est fermé sur un bruit sec ; déjà tu es sur un trottoir, et c'est Paris cette rumeur-vertige au seuil d'après-midi. Tu passes infiniment ; la ville te retient, mais tu y passes et ton adolescence... Demain compo de maths, après-demain... Tu as treize ans, quatorze, on dit de toi « une-vraie-jeune-fille-maintenant », c'est vrai ; tu es la jeune fille, tu passes entre l'enfance et jamais plus. Je t'ai suivie, mais tu ne t'es pas retournée, la ville t'a reprise.

C'est quelque part dans la Provence une maison très fraîche et blanche avec des magnolias. Là-bas les gestes ont pris la lenteur d'une litanie. Une dame longue et blanche passe quelquefois.

Elle traverse un jardin vert sombre aux magnolias, pousse la porte de bois blanc terni, s'en va sur les chemins trop pâles. Je connais la maison, la chambre ancienne où l'on faisait l'amour si lentement. Je sais la table de cuisine, les cerises oubliées sur la fraîcheur du lin, et de l'ombre au jardin tous les jeux d'eau de la lumière.

Nous ne nous croisons plus mais c'est pour elle que j'écris, dans l'ombre rêche des murs blancs, à petits mots sans importance. Je vais sur les collines à l'aube quand elle dort, elle sort quand j'écris d'elle les mots bleus. Elle n'est pas d'ici ; elle ne connaît personne, et passe plus diaphane que l'absence. On ne sait rien d'elle et je l'attends quand elle s'endort.

Elle est en moi comme une grande fièvre blanche. Je me souviens des cerises égrenées sur la fraîcheur du lin. Le temps ne passe pas, là-bas, dans la maison très blanche avec les rites de cinq heures et la fraîcheur-velours des pétales tombés.

Sylvain Recours devient peu à peu mon ami. Par la fenêtre de sa chambre, on aperçoit la voie ferrée abandonnée ; des herbes blondes entre les rails, elle ne mène nulle part.

Le mercredi matin, dans cette chambre sans odeurs, je lui parle de calcul et de géographie.

Il est très doué pour tout, très fier quand je dis qu'à l'école de Saint-Laurent il serait dans les premiers. Ses rédactions surtout sont belles, un peu étranges. Il a cette imagination fiévreuse, dévorée de lectures, qui manque à mes joueurs de foot et virtuoses de la bille. Il a tout lu : la série des Alice de Sylvie, les romans de Victor Hugo qui trônent sur le buffet de la salle à manger, édition club gainée de rouge. De Club des cinq en poésies de Lamartine, il s'est fait dans la tête un grand pays de sentiments conventionnels et de chimères insaisissables. Je lui prête mes livres. Il a beaucoup aimé *Le Pays où l'on n'arrive jamais*. Depuis, c'est l'amitié. Je continue à lui parler de la surface des triangles, mais il sait bien que j'aime un peu le suivre au pays de Maman Jenny, les rêves à l'encolure d'un cheval magique, à travers les forêts profondes des Ardennes.

Il pense à ces pays d'ailleurs, une autre vie, car celle-ci l'étouffe. Il n'en supporte rien, pas même un nounours en peluche, pas un bouquet de fleurs. Alors les mots deviennent son royaume, mots lancinants d'un monde en transparence où rien ne gêne, les mots miroirs de gel et de lumière, les mots pour dire un peu l'au-delà de la vitre et le désir…

Il a commencé un roman. Je le verrai quand il sera fini. Ensemble nous parlons des livres et de la vie à Saint-Laurent. Après le catéchisme, Sylvie nous rejoint, et je me sens chez moi, ces fins de matinée qui oublient l'heure du repas. Mme Recours m'a invité l'autre semaine à partager le déjeuner familial. Je suis resté l'après-midi. Avec Sylvain j'ai regardé *Zorro* à la télé. Puis Sylvie m'a raccompagné jusqu'à l'école, dansant, sautant à cloche-pied sur le parapet du pont-lavoir, contente, avec ses dents de lapin tendre et ses yeux doux.

Je me suis bien promis de partir un matin avant la classe, pour suivre un peu la voie ferrée abandonnée, pour suivre un peu le regard de Sylvain, au-delà de la courbe...

Dans les rues de Rouen régnaient les lycéens nantis, tu t'irritais de leur aisance. La ville était très belle, et des adolescents passaient, très beaux, très riches. C'était sans doute une montagne d'injustice, et je m'en fichais bien. Car c'était toi que je rêvais dans ce décor plutôt flatteur, les rues sans âge livrées à des passants coiffés comme des pages florentins, des filles longues avec des robes floues, bijoux de Moyen Âge mode de 80.

Tu étais bien plus belle, moins étroite ; tu ne dépendais pas de ce décor, mais il t'allait, comme t'allaient les jours et les robes de ce temps-là.

Je me souviens d'un soir de juin, d'une robe framboise au tissu lâche et doux, de la mélancolie de te toucher à peine et puis voilà, le décor est resté. Les gens le long des rues sont riches et beaux. Tu es partie framboise...

Nous aurions pu partir, cette année-là, mais nous n'aimions pas les voyages et leur cortège de clichés, l'idée de quinze jours en Crète ou à Corfou, temps cloisonné, séparé de la vie, ailleurs au meilleur prix.

Nous aimions le temps qui s'oublie, flâne le long des rues, cherche le goût de l'ombre, s'endort à pas perdus dans les rues piétonnières. Nous n'étions pas très riches, tes albums se vendaient mal, et mon salaire de stagiaire nous payait quelques pizzas dans le restaurant italien près de l'hôtel de ville. Soirs de fête, et puis la fraîcheur bleue des rues — ton corps à l'amble de ma main sous le coton léger de ta robe d'été. À petits pas flânés, nous revenions par le chemin des écoliers vers la dernière soif à l'ombre de ta chambre.

Nous reculions l'attente ; chaque mot, chaque pas allongeaient le désir, allongeaient par avance le plaisir. Je me souviens du temps qui s'allongeait, ma main sur ta robe framboise.

Dans la rue Saint-Romain, l'ombre est plus fraîche, souviens-toi. C'est un soir de juillet. Au cinéma nous venons de revoir *Diabolo menthe*. Il y a ce silence qui se prolonge, ensemble séparés. L'adolescence doucement remonte et nous fait mal.

Le temps du lycée ; l'attente a glissé de nos mains. Talent mélancolique au long des couloirs froids, des heures grises de l'ennui ; regards le long des rues, regards qui se prolongent, amour-silence.

Je marchais sous les tilleuls, dans ce parc un peu raide, à Saint-Germain. Square Carpeaux, c'étaient pour toi les mêmes peines. Le jour du bac, j'avais parlé à une fille brune et pâle, bien trop belle. Sa voix, son nom ne lui ressemblaient pas. Un peu gênés, nous avions parlé de chanteurs le long de la terrasse.

Ainsi se refermait la ronde douce-amère de ces amours-presque, nés de l'attente, et promis à la déception. Tristesses savourées, cafés, chocolats, thés citron, paroles retenues qui viennent en retard et toujours à côté, dans la rumeur et la fumée, secousses du flipper, cigarettes mal allumées.

Ensemble séparés, je me souviens de ce silence parallèle un soir d'été. Dans la rue Saint-Romain, tout dort. Chez « Dame Tartine » les derniers clients s'en vont. Les chats s'emparent de la nuit, nous frôlent et s'évanouissent. J'aurais voulu connaître ton lycée, te regarder passer sur les trottoirs place Clichy. Lentement, je t'aurais suivie sur le chemin de ta maison. Bien sûr, tu m'as donné la photo d'un jour de neige sur le pont Caulaincourt. Mais tu étais petite fille, et je n'ai rien de ton adolescence — rien que ce soir, beaucoup plus tard, à la sortie du cinéma. Le film avait été tourné dans ton lycée. Je m'en souviens diabolo menthe.

J'ai acheté rue Saint-Romain la lampe basse du prochain hiver. Je ferai autour d'elle la lumière d'une année. Elle me suivra de la cuisine à la salle à manger, le temps balancera dans le cercle vert pâle. Je l'ai vue allumée dans la vitrine de ce brocanteur un peu truand que tu connaissais bien :

— Vous pouvez y aller, c'est de l'opaline !

C'est peut-être de l'opaline et je m'en fiche, elle est lumière à la Dickens, bibliothèque poussiéreuse ou vieux bureau de notaire autrefois ; on l'imagine bien sur du cuir noir râpé, un sous-main fatigué — je l'ai posée sur le merisier chaud de ma table de ferme, sur les moulins de la toile cirée dans la cuisine.

Partout elle dit l'hiver, la lenteur de l'attente et la chaleur-sagesse des cahiers, des livres, une vie couleur d'encre. Tu tiendras cette année dans le vert translucide, au petit matin, quand la maison d'école se fait douce autour d'un bonheur inutile. Tulipe, c'est le nom de l'abat-jour oblong, de la corolle d'opaline ouverte sur le soir. Le pied n'est qu'une barre de laiton, un peu austère, qui réfléchit la table en rond.

Je vois le temps tourner ; j'aurais voulu que tu dessines là, voir naître une marelle de Cécile dans ce cercle-là, tes douceurs d'aquarelle et les jeux oubliés. Tu aurais eu ce pull lavande norvégien que j'aimais voir bouger dans les rues de Rouen. Il irait bien je crois dans ce cercle-lumière. C'est un minuscule impossible, couleur douloureuse et précise sur le chemin de toi.

À la terrasse des cafés de Rouen tu n'as bu que des menthes à l'eau, cette année-là. Il faisait chaud, le temps passait. On t'apportait une boisson vert sombre et des volutes de sirop s'alanguissaient. Nous parlions peu, pour nous moquer des gens, pour nous moquer de nous. Tu ajoutais de l'eau, ton verre passait lentement par des nuances de vert tendre. Il y avait d'extravagants Américains qui s'extasiaient devant la cathédrale. À la brasserie Paul, le vert profond s'effaçait peu à peu. Quand l'eau se faisait transparente, nous partions. J'ai bu l'eau de ces jours au secret de ton verre, la menthe forte de l'été, ce goût de sucre et d'eau qui peu à peu s'efface. Tu es partie framboise, menthe à l'eau, je t'ai gardée comme une soif, de terrasse en terrasse, parmi les tables blanches et les robes d'été.

C'est une maison blanche près de Saint-Rémy. Le jardin dort en creux d'après-midi, à l'ombre des platanes, à l'ombre un peu malsaine du noyer.

Tu viens de quitter le jardin. Tu es rentrée dans la cuisine fraîche. La balançoire bouge encore et garde un peu le souvenir de la cadence de ton corps.

C'est une maison blanche imaginaire. Tu es rentrée dans la cuisine fraîche. Dehors, le soleil de l'été. La balançoire bouge à peine.

Je sais les cours de maths où tu t'ennuies, dans ce lycée que je n'ai vu qu'au cinéma, le soir diabolo menthe. Par la fenêtre on n'aperçoit qu'un bout de cour beaucoup plus bas, les filles qui ont gym dans la salle gymnase sous le toit. Le grand carré de ciel est souvent gris ; on a peine à penser qu'on est en plein cœur de Paris. La prof de maths a soixante ans, et porte des socquettes. Pour toi, c'est la semaine de la blouse rose. On a brodé dessus ce nom que j'essaie d'oublier, qui ne t'enferme pas.

Tu n'as pas de cartable, mais une sangle bariolée ; tu la balances à bout de bras, négligemment, dans les couloirs qui n'en finissent pas. Les filles ont des secrets, se montrent des photos de frères ou de cousins qu'elles font passer pour leurs petits copains. Tu voudrais porter des collants, mais le jean de velours marine te va bien, socquettes blanches, mocassins, et ce shetland à dessin norvégien quand tu enlèves enfin ta blouse.

Tu n'as jamais sur toi le journal où tu te racontes. Il dort au fond de ton bureau sous le Gaffiot, personne ne lira. Quand on sort du lycée Jules-Ferry, la place Clichy vous assaille, et c'est Paris poisseux, étourdissant, vaguement louche. Il y a une île au milieu de la place, petit marché aux fleurs blotti dans l'océan de la circulation. Seaux d'eau pleins de glaïeuls orange pâle, rose thé. Sur l'autre rive les cafés, à l'angle le Gaumont-Palace. Tu y as vu *Ben Hur* quelques années avant. On dit qu'on va détruire ce vaisseau d'images, et tu ne peux y croire.

Tu quittes la rumeur ; pont Caulaincourt, c'est déjà ton village, drôle de pont tranquille sur un cimetière ; des chats paressent sur les tombes. Quand tu rentres le soir tu ne te presses pas, je ne veux pas vraiment savoir tes rêves. Je te regarde marcher lente avec tes livres sous le bras, tes cheveux longs, le jean marine. Je reste un peu derrière. Rue Damrémont tu passes infiniment, les soirs d'hiver, avec mon rêve sur tes pas.

Je reste près de toi dans un dimanche gris d'adolescence. C'est le matin, novembre, et la rumeur monte affaiblie de la rue Marcadet. Dans la cour de l'immeuble s'amplifie la précipitation de ces avant-midi fébriles à invités, poulet rôti, chemise blanche. Tu es seule dans ta chambre. Il faut déjà mettre une lampe. Tu aimes Baudelaire, tu écris ton journal dans la couleur d'un spleen très noir où tu te reconnais.

Plus tard je lirai ce journal, plus tard... Tu aimes un peu le garçon du troisième qui ne fait rien en classe et désespère ses parents. Il ne tient pas beaucoup de place dans ces phrases sur la vie que tu égrènes lancinantes. Tu n'attends rien par-delà la prison-lycée si douce quelquefois, l'ennui de ces dimanches... Peut-être cet après-midi vous irez faire un tour en forêt de Carnelle.

Ton journal de mélancolie... Je ne te savais pas encore... Ce journal que j'écris... Sans doute la vraie vie est là, dans la lenteur des pages. Je t'ai touchée dans l'intervalle. Je t'ai touchée, je m'en souviens.

C'est facile de te parler. Tu n'es plus là pour dresser des barrières sur mon chemin vers toi. Avant... Tu aimais bien une chanson ancienne de Françoise Hardy ; tu mettais trop souvent ce disque, et j'entendais se détacher sur la musique :

« Il arrive parfois que tes rêves m'ennuient. »

Mes rêves t'ennuyaient un peu car je rêvais de toi, des jours transfigurés par l'évidence de tes gestes, la couleur de tes robes, tous ces miracles de ta vie qui me semblaient presque étrangers, qui me faisaient le mal de toi. Gestes manqués, faux pas sur un trottoir, irritations légères, chacun des reflets de ta vie m'était une province.

J'aurais voulu dormir ce pays-là, te regarder le long des rues, n'être qu'un long regard sur toi. Je n'aimais pas t'aimer. Je m'en veux aujourd'hui de tout ce temps passé à vivre devant toi. Quel temps perdu à te paraître original, à faire semblant de penser, à se montrer sensible. Ce n'était pas du cinéma, mais je ne savais pas me fondre et m'oublier. J'aurais voulu te dessiner d'un peu plus loin les gestes de l'amour, quand nous faisions l'amour n'être qu'un long regard sur toi.

Temps perdu. J'aimais briller devant toi, courir très vite ou bien paraître intelligent, petites vanités qui me faisaient gagner des secondes d'éternité : le grain de ta jupe écossaise, un sourire amusé, ce geste de côté quand tu te recoiffais. J'aimais près de toi le marché du dimanche : bonheur d'entendre tomber de ta voix des mots sans importance, une bonne livre de julienne, des pêches blanches pas trop mûres, oui, celles-ci, et un kilo d'abricots, ce sera tout, merci. Je buvais ces paroles où tu ne mettais presque rien. J'aimais la moindre transparence.

— Est-ce que vous vous ennuyez en vacances ?

Presque tous mes élèves ont dit oui. On ne part guère, à Saint-Laurent. Un mois à la colo en juillet ou en août, à la montagne ou à la mer — ces mots riment pour eux avec mono-grand frère, feu de camp, avec la sieste obligatoire de l'après-midi, ils se font là des souvenirs un peu hâtifs et mécaniques, montent à la mer de Glace ou sur la dune du Pyla, envoient en Normandie des cartes postales glacées, bon soleil, bons baisers...

Ceux qui ne partent pas se sentent exclus, trouvent les bois de Saint-Laurent un peu plus insipides. Mais la complicité ostentatoire de ceux qui s'en vont disparaît dès qu'ils sont rentrés. Aux vacances de Pâques, je les ai vus traîner, dissociés, désœuvrés. Il y a bien le foot, mais à jouer entre soi les parties s'amenuisent. Les filles, on les voit moins. Leur émancipation n'est pas encore pour demain. Christine, au début de l'année, m'a dit qu'elle aimait bien faire du repassage...

Depuis la cour de mon école on voit au loin des robes blanches, dans les jardins de l'abbaye. Les moines se promènent au soleil. La Risle coule, ils glissent entre les arbres — au creux de la vallée, des taches claires passent au soleil. Le village est tout près, mais c'est un autre monde : transparences, blancheur...

Les soirs s'allongent, et j'aime bien venir au soir dans les jardins de l'abbaye. La nuit descend si lentement sur les chants grégoriens. La chorale répète. Fraîcheur de pierre sombre, j'entends ces voix qui montent douceur-certitude vers la joie. Parfois, je bavarde un peu avec le moine jardinier, qui s'habille de bleu pour travailler. La règle à Saint-Laurent n'est pas très stricte ; les moines bavardent avec chacun, et le village a pris un peu de leur lenteur.

J'écoute près de moi ces solitudes légères qui ne cherchent pas le bonheur et mettent un peu partout, paisible et blanche, l'image du bonheur. On a ce qu'on ne cherche pas, sans doute, et j'ai l'amour de toi, si près, dans la sagesse des jardins de l'abbaye.

Si tu venais dans mon école, ce serait au beau milieu de la journée. Dès le seuil de la classe, tu sentirais ce vent d'enfance monter sûr et chaud, t'envelopper. L'école ce jour-là finirait bien plus tard. On s'assiérait en cercle autour de toi, Christine viendrait poser ses cheveux blonds sur tes genoux, tu dirais des histoires. À quatre heures et demie, je sortirais congédier les mamans :

— Ce soir, c'est moi qui raccompagnerai les enfants… Ne vous inquiétez pas. Ils seront chez vous pour le souper.

Rue Marcadet. C'est un après-midi de grand soleil. Ton père repeint le plafond de la salle à manger. On a poussé tant bien que mal les meubles dans ta chambre. Tu es allongée sur ton lit, emprisonnée dans cette forteresse de chêne et merisier. Sur l'électrophone, Adamo chante *Tombe la neige*. L'odeur de laque blanche vient jusqu'à toi, un rayon de soleil, et la poussière danse.

Tu m'as parlé de ce jour-là, pourquoi ? Le temps s'arrête. La fenêtre est ouverte. Le garçon du troisième est toujours accoudé à son balcon, quand tu regardes dans la cour. Il doit jouer au rugby ; des maillots pendent à sa fenêtre. Cela t'amuse un peu, mais au fond tu t'en fiches. Dans le soleil des derniers jours de juin, tu rêves bien plus vague. L'instant se creuse, tombe la neige, laque blanche, soleil chaud.

Tout à l'heure tu sortiras. Tu traverseras le square, absente aux cris d'enfants. Tu penses à être belle. Tu es marine en jean velours, en shetland court… Tu fouilleras dans les bouquins chez le libraire, rue Lamarck. C'est un moment fragile au seuil des vacances trop longues où l'on devra partir. Tu as quinze ans, je te connais. Tu as les cheveux longs, le regard des mélancolies que je voudrais.

Je marchais dans le parc de Saint-Germain, j'avais quinze ans, je voulais être beau, je rêvais bien trop vague. Je n'étais pas très doué pour le flipper, parfois les copains m'ennuyaient...

Je pense à toi, volets mi-clos, tombe la neige, soleil chaud.

Quand tu auras posé ta jupe à carreaux bleus sur le dossier d'une chaise un peu raide de chez moi, dans une chambre vide au milieu d'une école, à Saint-Laurent-des-Bois.

Quand tu auras tenu le soir au vert d'opale de ma lampe, et promené les pas de Clémence et Cécile sur le grain rêche d'une page d'aquarelle, un soir, dans la salle à manger... Le feu s'endormira. Plus tard, au milieu de la nuit, le vent jouera tout doucement avec la cendre.

Quand tu seras venue sur un chemin d'hiver, et le brouillard t'aura cachée aux yeux des villageois.

Tu auras lu ce conte aux enfants de l'école. Ils voudraient s'endormir sur tes genoux, dormir au pays noir et bleu de tes cheveux, dans la fièvre des contes.

Quand tu seras passée dans les pièces de ma maison, que tu auras touché les choses de chez moi.

Quand tu auras croisé les yeux d'enfants, et qu'ils t'auront suivie sur tous les rêves slaves, à Prague où tu n'iras jamais, à Prague où je te perds pour la première fois... Derrière un mur si haut, tu es la grande amie de ces enfants trop sages aux fins d'après-midi. Ils s'appellent Pavel ou Nathalie, rêvent de brume à Prague, ou bien en Normandie. Je sais les yeux d'enfants, quand tu te fais trop douce, et la fièvre des contes. Oiseaux blessés, princes noirs, je connais les chemins d'épines et de lumière, les courants-pièges des étangs. Une princesse glacée pleure en larmes pétrifiées, en perles dures au bord du temps. Ce n'est pas du chagrin, c'est bien plus haut que moi un mal dans son regard.

Quand tu auras joué dans les couleurs et les images de chez moi, il restera des jours exsangues à parcourir et puis garder ta voix, des paroles de tous les jours et la couleur d'un pull, le silence d'un soir à écouter de la guitare, le temps qui s'arrêtait.

Je sens sous la chanson des mots ce qu'ils ne savent pas. C'est une danse entre l'oubli et la mémoire. Au début c'est la chasse, et puis cela devient lutte amoureuse et puis l'amour, corps ondoyant dans la nuit noire : l'oubli connaît les pièges et soudain les désire. Ils se confondent au creux de la poitrine, et la brûlure c'est déjà dans le chagrin la peur de t'oublier, ce coup d'épingle la mémoire dans l'oubli, ce blanc dans la mémoire le désir d'oubli.

C'est la fin de l'année. Armelle, Sylvie, Danièle et d'autres quelquefois sont moins pressés le soir de me quitter, trouvent de bons prétextes pour rester un peu dans la fraîcheur de ma classe d'été.

Les confidences viennent lentement. Daniel parle de ses parents qui ne s'entendent pas, et de la drôle de boule que ça lui fait à l'estomac, quand monte la dispute. Danièle le console et dit que c'est pareil chez elle. Les parents se disputent, c'est normal : la vie ne leur réussit pas. Sylvie concède :

— Et puis on les énerve !

Et eux, plus tard ? Ils ne se fâcheront jamais. L'autre soir, Catherine affirmait :

— Moi, je me marierai avec un garçon très doux. Si j'en rencontre pas, eh bien j'me marierai pas, voilà ! Mais j'ferai pas comme mes parents.

La vie de leurs parents, la seule à éviter, à repousser d'avance, ils sont bien tous d'accord. Pourtant Catherine aide déjà pour étendre le linge, passer l'aspirateur. Mais c'est en attendant. Autre chose viendra. Quelqu'un, peut-être…

Cet ailleurs de la vie, Daniel le voit à Saint-Laurent, fermier comme son père, pourquoi pas, mais ça ne serait pas pareil. Je les écoute et je me tais. Ils m'aident à ranger les cahiers, je leur apporte de la grenadine. Assis sur les tables des grands, nous buvons la couleur des fins d'après-midi, le soleil qui s'efface au coin du mur. Une lumière blonde un peu tisane descend sur nous, la poussière danse. Les paroles se font plus rares, on est bien. Je suis M. Chatel, il y a cette distance ; elle ne compte guère aux fins d'après-midi. Sylvie sourit de ses dents de lapin. Ils vont devoir rentrer. Je voudrais tant garder ce silence-bonheur qui me fait doux comme autrefois les genoux de ma mère — et je m'endormais là dans le vacarme de la fête de juillet, saoulé de bal et de tendresse.

— À demain, m'sieur !

Il y a des rites entre nous, des sagesses faciles et des bonheurs recommencés.

Évangeline Basnier passe... Elle a des sandales argentées, lanières minces autour de la cheville, une robe d'été bleu sombre. Regard vert d'eau, elle passe florentine. Elle a dans tous les gestes un secret millénaire qui ne vient pas d'ici. Elle a choisi pour son secret une élégance patricienne ; personne ici n'a su la conseiller... Mais elle a trouvé, légère et floue, ceinturée à la taille, la robe qui sait le traduire.

Ses sandales sont plates ; elle marche sur les choses, elle sent le grain du sol, son pas dit le plaisir de marcher jambes nues dans des herbes très douces. Lanières d'argent croisées sur la cheville et sur ses pieds : elle a ce goût mêlé des choses que l'on touche et de celles qui restent loin — la route chaude sous ses pieds, mais les sandales la reculent dans le temps, égyptienne, fermée sur un silence inaccessible.

Je croise son regard où dort le secret de la jeune fille, mystère qui s'invente à rencontrer d'autres regards, secret profond et bleu d'une robe au-delà du temps, si lâche et floue sur le corps mince.

Elle porte quelquefois des jeans serrés, une enveloppe très précise où son mystère s'éclaircit. Mais dès le lendemain je la revois dans l'équivoque bleue de sa robe indécise.

À la fête de l'école, il y aura des chants, des danses avec des ballons bleus et blancs, un extrait de *L'Avare*. Les gens de Saint-Laurent seront contents. Des mamans sont venues proposer leurs services. Elles vont coudre des costumes ; les pères m'aideront pour monter les stands à la kermesse.

Je vais chez l'un, chez l'autre, on me retient pour parler de la vie à Saint-Laurent.

— Un p'tit pastis, m'sieur Chatel ?

Je ne dis pas non. Je me sens bien dans ces maisons qui se ressemblent un peu. On me reçoit dans la cuisine ; on est moins solennels, et sur le formica jaune glacé je bois du pastis jaune.

— Pour la kermesse, il nous faudrait des panneaux de contre-plaqué. Vous avez ça ?

Le père Sauvage aplanit d'avance toute difficulté :

— Vous aurez ça. J'vais d'mander à Manier. Il a toujours des chutes.

Nous parlons bois, tissus, combines, et quelque chose passe chaud. Au mur, la biche au bois regarde la télé.

— Vous avez bien une minute !

— J'ai trouvé ça passage Jouffroy. J'ai pensé que ça te plairait. Ça s'appelle un octo... Je ne me rappelle plus le nom. Ce n'est pas tout à fait un kaléidoscope.

J'ai chez moi ce cylindre magique recouvert de carton brun jaspé. Tu l'avais rapporté d'un Paris de l'automne, il y a deux ans...

Je l'ai gardé comme un regard, et s'il m'arrive encore de le prendre, c'est un peu fort, comme des battements de cœur, ta vie... Ce n'était pas un kaléidoscope. La lumière n'y venait pas saisir des cristaux prisonniers, mais l'image éclatée de la réalité ; on y voyait danser, décomposés, multipliés, des livres éparpillés, un coin de table et le blond d'une lampe. En tournant le cylindre on faisait chavirer ce monde d'éclats dispersés : un abîme s'ouvrait, jeu infini des choses avec les choses, lumières enfuies sitôt que nées. Un monde de reflets se mettait à bouger, inventait des provinces entre le bois de la guitare et le velours du canapé, passait des plaines grises du papier à des symétries de vitrail — stylo à plume, boîte d'aquarelle sous la lampe. Je m'abîmais dans ces images et c'était une drogue douce à s'y noyer, mouvance des images, le sol se dérobait, tout flottait dans l'espace et se réinventait.

C'est pour ça que j'écris. Te faire une couleur, une lumière. Ça ne serait pas moi. Mais tu viendrais dans la couleur, tu passerais des jours dans la lumière. Je te regarderais bouger, passer dans la cour de l'école, manger des pommes acides dans le verger en contrebas. Ta jupe et ton écharpe seraient dans ma couleur. Tu vois, ça serait bien facile. Bien sûr, le bleu voilé de Carl Larsson est déjà pris, le gris-lumière de Trenez, et ton lycée diabolo menthe. Mais le secret d'une couleur me vient de toi, commence avec le piège de l'absence ; tu t'y ressemblerais, mais peu importe. Il faudrait surtout qu'elle te fasse envie ; alors tu viendrais là bouger dans mon silence.

C'est la couleur de ce cahier. Je l'aurais bien aimée framboise, couleur de ta robe d'été, un soir léger de fête dans les rues près de l'hôtel de ville. Tu marches rue du Gros-Horloge et je te suis. Je voudrais tout garder de ce soir-là. J'ai dans la poche de mon jean l'addition du repas, deux pizzas, deux cafés, un pichet de rosé. Tu cours et danses devant moi. Avant de courir et danser, j'attends quelques secondes. Tu dois sentir le poids de mon regard, cet irritant désir de t'arrêter dans la mémoire ; tu te retournes et penches un peu la tête...

C'est toi qui donnes la couleur, ce jour de juin l'été dernier. Tu me regardes et tu le sais. Parfois tu en auras assez de dessiner le jour, de mener les images. Mais ce soir tu veux bien. Plus tard quand nous ferons l'amour des caresses framboise me viendront. Car je ne voulais rien que ressembler au temps de toi. Tu es partie framboise.

Sylvain Recours va un peu mieux. Le docteur a promis qu'il irait à l'école l'an prochain. Je pense à ce qu'il gagnera, à tout ce qu'il perdra : la fièvre des lectures, et ce pouvoir d'inventer l'océan, dans le bateau-refuge de sa chambre. Il aura des copains, des Barofrui chez la mère Dubois, et des parties de billes.

Il gommera sa différence, et pendant quelques mois ce sera le bonheur.

Dès cette année il sortira, chaque jour un peu plus. Très vite, il voudra découvrir la voie ferrée abandonnée, tout ce qu'il a rêvé juste après le premier virage. Cela ne ressemblera guère à ces images qui le poursuivaient. Alors, sans doute, il se protégera contre cette blessure — il rêvera moins loin. Il connaîtra la vraie vie, les allées des forêts, les chemins buissonniers, un monde délicieux de fraude douce et de maraude ; il rentrera trop tard, lui qui ne savait pas qu'on peut être en retard.

Le temps qui s'enroulait aux murs interminables de sa chambre se coupera pour lui ; entre le temps permis et le temps interdit, il va s'inventer des frontières. Bientôt il sera amoureux de Christine ou de Pascale, et ce sera comme une fièvre retrouvée.

Je pense à ce vertige et cette soif : plonger d'abord dans le monde des livres, connaître ensuite son reflet... Je pense à lui. Je me dis que ce n'est pas si fou de t'inventer, d'imaginer les jours et de t'écrire. C'est comme pour Sylvain. Je ne sais rien de la réalité que ses reflets ; j'ai sous mes doigts ce cahier bleu que je t'invente, et que m'importe le faux nom des jours...

Tu es plus tard, dans une maison blanche ; tu traverses un jardin, il est cinq heures de l'après-midi. Tu es hier, dans un dimanche gris d'adolescence. Tu es partout, dans la musique bleue des mots sagesses d'encre — tu es la page d'aujourd'hui.

Armelle a eu un joli mot le jour de la sortie. J'avais pris ma guitare, et nous chantions *Stewball*, *La Tarentelle*... Les enfants s'étaient tous assis en tailleur sur les tables, et je chantais debout au milieu d'eux. L'heure tournait. Stéphane a demandé *Le Cœur gros*. Sans réfléchir, j'ai répondu que c'était un peu triste, avant de se quitter. Armelle, qui ne dit jamais rien, s'est exclamée :

— Si vous croyez qu'on est gais !

J'ai croisé son regard, et ce n'était pas du léchage. Sylvie, François, Daniel avaient apporté des gâteaux, c'était une surprise. Sur le tableau, ils avaient écrit en cachette : Festival de fin d'année. Des chansons. Un goûter.

Je me souviens de ces regards, et par-delà l'absence ils me font chaud, famille douloureuse et de passage.

Ils sont partis. Dans la cour de l'école, le silence est plus grand de cette après-midi tourbillonnante au grand dimanche de soleil, chemises blanches, fléchettes et penalties.

Fraîcheur enfin sur les chaises pliantes de la buvette improvisée. Fraîcheur les branches du tilleul, les stands s'endorment. Très doux, très calme et vert foncé, c'est le premier silence des vacances. Certains viendront demain pour m'aider à ranger, Sylvie, Daniel, François... Mais dès demain Pascal sera parti en colo au Mont-Dore, et Thierry à la ferme, et Christine en Auvergne chez ses grands-parents. Dans le vertige de la fête, on ne s'est pas vraiment dit au revoir. L'année me semblait tant ne pas devoir finir. L'année prochaine...

J'ai marché sur la voie ferrée abandonnée, très loin après la maison des Recours. Les premiers jours des vacances d'été mettaient un silence plus bleu au creux de la vallée. Je suis parti très tôt sur ce chemin si familier aux gens de Saint-Laurent naguère, et que l'oubli a recouvert. Les rails ont disparu de place en place sous les ronces, et pris ailleurs une tonalité ternie de rouille sombre, de bois mort et mouillé. Les traverses disjointes ont pâli peu à peu sous les averses. On marche quelquefois sur ces boulons épars si recherchés par les bricoleurs de l'école.

La voie passe dans la forêt. Dès le virage, après la maison des Recours, on oublie tout de Saint-Laurent pour s'enfoncer sous la voûte inégale, au flanc de la colline. De place en place les arbustes ont repoussé, mais le passage reste, courbes si douces et lignes droites infinies.

J'ai marché très longtemps, sans rien voir des villages, passé deux gares abandonnées. La voie mène à Bernay, mais les gares ont caché leur nom, mais la vallée s'oublie le long de ce passage, perd ses repères et ses sagesses alanguies pour le seul désir du passage. Un bonheur inutile me gagnait le long de ce sillage ; entre les chênes et les pins, le mystère se ramifiait, changeait d'espace...

J'ai pris le chemin du retour, mais ce n'était pas revenir ; rien ne se ressemblait, de courbe inverse en ligne droite rebroussée sous une autre lumière, et le soleil montait dans cette fente ouverte sur le ciel d'été. Il faisait déjà chaud. J'ai retrouvé la maison des Recours. Sylvain m'a aperçu par la fenêtre, alors je suis monté. Il m'avait vu passer dès le matin, m'a demandé de raconter... Je n'ai trop su quoi dire. Il a tant dû rêver la voie abandonnée ; elle est en lui, quelque part où je n'ai pas place...

Sylvain semblait trouver normal que j'aille un matin par là-bas. Je crois qu'il l'attendait. Avant que je reparte, il m'a lancé :

— Bientôt, j'aurai peut-être le droit de sortir un peu, le docteur l'a promis...

La voie ferrée invente encore des pièges, des attentes...

Je me souviens de la rue de Bayonne et du chocolatier. Je n'y suis pas allé, mais tu me parlais tant de tes vacances d'autrefois, le Pays basque et puis les jours de pluie des promenades dans la ville, l'odeur du chocolat. Tu me parlais du chocolat amer, tu disais qu'on n'en trouvait pas ici, pas tout à fait aussi amer, pas tout à fait…

Ces mots-là te venaient souvent, me faisaient mal et t'éloignaient. Au cinéma, après *Les Sœurs Brontë*, tu aimais bien le film, mais ce n'était pas tout à fait ce que tu attendais. Sur la plage de Cabourg, pas tout à fait l'image que *Les Jeunes Filles en fleurs* t'avaient donnée ; à Saint-Sauveur pas tout à fait le pays de Colette. Il y avait d'autres écarts, sans doute, que tu ne disais pas, après l'amour ou bien dans le cercle des lampes.

Pas tout à fait… C'était pour toi une défense. Tu avais peur qu'on te devine, et par avance tu quittais le temps d'ensemble. Je longeais près de toi les jours, et ce n'était pas du bonheur. Il y avait un autre monde et des couleurs plus près de toi. Je me souviens de la distance infime et obsédante qui te séparait.

Tu me disais qu'on s'aimait mieux d'un peu plus loin. Tu me l'as prouvé par l'absurde. Tout à fait loin de toi, je t'aime désormais dans la couleur des jours, et c'est un peu facile. Quand ça le sera trop, je cesserai d'écrire ce cahier. Parfois je sens que la distance s'abolit trop vite avec les mots, dans le jardin imaginaire d'une maison blanche aux magnolias. Écrire et te parler tant que les mots ne me sont pas l'autre visage de l'oubli. À cinq heures du soir, tu traverseras le jardin, tu marcheras longtemps sur une route de poussière, entre des arbres presque bleus.

Les mots seront étroits, quand tu auras passé dans cette maison blanche... À Saint-Rémy, pourtant, je sais les journaux frais, les tasses entrechoquées quand je passe au Café des Arts. Tu dors encore et tu m'attends, dans l'ombre des Alpilles. Tu n'as pas d'âge et chaque soir tu prends la route blanche qui descend. Pendant ce temps j'écris un roman très léger où rien ne compte, et surtout pas l'histoire — peut-être un peu l'odeur du chocolat amer...

Nous ne faisons jamais l'amour. Tu dors, le matin, quand je pars à bicyclette à Saint-Rémy ; je ne pense qu'à toi dans la couleur étincelante des Alpilles et l'ombre des platanes, dans la rumeur du jour qui vient sur la place du marché. Bleu froid, blanc-gris, plus tard les abricots, c'est mon royaume.

Toi, tu sors seulement quand le soleil fléchit. Tu marches très longtemps le long des choses finissantes, loin des mas, dans les ombres penchées. Chacun s'invente l'autre et le garde dans son royaume. Au milieu du jour, nous sommes ensemble. Il ne se passe rien. Le soleil est très haut.

À Saint-Laurent, les gens s'étonnent de ne pas me voir partir pendant l'été. Mais je suis bien dans mon école, et redoute déjà de ne pouvoir y demeurer…

L'année prochaine, il y aura moins d'enfants. Sylvie, Daniel, Armelle partiront au collège. Seul un petit Sauvage viendra les remplacer… Avec mes douze élèves je serai très heureux, pour une année encore. Après… Le petit monde que j'invente ici s'endort dans sa vallée. Chaque année moins d'enfants. Bientôt, volets fermés, l'école dormira le grand sommeil des rondes oubliées. Il n'y aura même plus ce chuintement de l'eau sur l'ardoise des urinoirs, même plus le claquement de la porte battante et les seaux d'eau, le soir, de la mère Godard. Disparaîtra jusqu'au silence de début d'après-midi, profond silence de vertige avec des rêves par-dessous, silence des dictées, transparence du temps, silence du regard, et l'évasion s'invente au creux de ce silence. Plus de pots de Danone entrechoqués dans cette effervescence claire au robinet d'eau froide, les fins d'après-midi légères à l'aquarelle…

Tout ce qu'il n'y aura plus, petite litanie désenchantée avec un monde par-dessous, saurai-je assez les mots pour le chanter sur un mode mineur et sage ? Il n'y aura plus…

Ainsi commencent un peu faciles les pages de l'absence. Certaines ne vont pas plus loin, s'écroulent sous les jamais plus, se figent dans la fausse modestie de l'indicible. Et puis, à petits coups d'il n'y a plus tout simples, d'autres chantent si vrai, et quand on y retrouve l'eau des jours, rien ne me poigne davantage dans les livres…

Quand les enfants seront partis de leur maison, à Saint-Laurent-des-Bois, je voudrais ce talent de dire en petite douleur de jamais plus, tranquille, lancinante, le chuintement de l'eau sur l'ardoise des urinoirs. Alors les récrés se réveillent, et le rire d'Armelle, et des triomphes aux billes, et la poussière de l'été, tout neuf et chaud cette année-là, souvenez-vous de ce soleil de juin, de l'ombre des tilleuls et de l'enfance à Saint-Laurent-des-Bois. De visages en village je dirai que la vie coule et puis un jour c'est le talent de l'eau dormante, on appelle vallée le creux de ce bonheur. La Risle passe à Saint-Laurent. L'hiver, les brumes montent, on croirait que le temps n'existe pas.

Est-ce que l'été s'endort aussi là-bas, dans la maison de Saint-Rémy ? Est-ce qu'il y a ce goût de mettre un pull et puis d'attendre la rentrée ? Là-bas je ne sais pas. Le temps s'est arrêté dans la lumière imperturbable de l'été, c'est une maison blanche et je t'attends.

Nous ne ferions jamais l'amour, et dans les pièces presque vides, à l'heure de la sieste, l'ombre dirait des gestes si anciens, des chaleurs oubliées, glissant dans la lumière blonde…

Toi tu dessinerais la même petite fille, infiniment recommencée, le geste chaque jour un peu plus vrai, silhouette épurée, légère sur les choses de la vie. Clémence rêve triste sous un arbre, Cécile arrose son jardin, cueille des fraises, agenouillée dans un tablier bleu. Elle dit les yeux baissés les choses de la vie, mélancolique et tendre. Elle s'appelle Clémence, Cécile, Noémie, elle doit habiter la campagne. Sa maison est juste assez grande pour une petite fille, son jardin très sage, souvent elle rêve sur la balançoire. Je ne sais pas vraiment si ses gestes l'inventent ou si elle est avant. Elle habite un pays plein de silence, et tu aurais gardé tout au long de ta vie ce pays sans paroles où les rêves s'allongent.

Tu partirais souvent de cette maison blanche, très tôt dans les matins d'été, à cinq heures le soir, dans ta poche un pétale de magnolia, et moi je resterais avec cette lumière d'autrefois. Je n'en finirais pas d'apprendre ton silence.

Évangeline Basnier passe. Septembre lui ressemble. Je sais que les Basnier sont partis au mois d'août, quelque part à la mer. Quelque part au soleil étale, au temps d'été qui ne sait que passer. Évangeline est revenue, bronzée pour les premières pluies de sa campagne.

Elle marche, toujours seule. Dans sa lenteur à longer les chemins, on voit bien ce désir de s'inventer couleur du paysage. Elle est d'ici, par-delà le silence bleu de son regard, elle est la forêt, le village, la lenteur de la pluie sur nos chemins.

Pourquoi te parler d'elle ? Peut-être simplement pour te dire que mon regard est sur la terre. Elle n'existe pas vraiment, à mi-chemin du rêve et d'un malaise sourd.

Daniel, Alain, Reynald m'aident à préparer la rentrée. Ils sont passés l'autre matin, Alain avait son ballon de foot sous le bras.

— M'sieur Chatel, on s'est dit que vous aviez peut-être du travail pour nous !

Ils viennent tous les matins désormais, tamponnent les bouquins avec le timbre de l'école, préparent l'encre, gonflent les ballons pour la gym. Dans cette calme effervescence, c'est déjà la rentrée, les livres neufs et les cahiers, les pluies qui sentent bon la terre.

Bien passéiste, j'ai gardé ce rituel de l'encre préparée avec la poudre violine, dans la bouteille haute et frêle. Daniel a nettoyé les encriers avec des précautions laborantines, Reynald les a encastrés dans les tables.

Lundi, veille de la rentrée, tout était prêt. On s'est retrouvé dans la classe tous les quatre sur le coup de cinq heures. Dehors une pluie chaude avait gagné la cour, collé contre le sol la poussière blondie, les premières feuilles tombées. On s'est retrouvés là, assis sur les pupitres, désœuvrés…

Je leur ai fait du thé léger, d'un bel orange pâle. Veille de rentrée septembre avec l'orange et le sucre du thé, des paroles pour ne rien dire :

— Qu'est-ce qu'on f'ra demain, m'sieur ? Paraît qu'il y a un nouveau ?

— Oui, c'est Dominique Sauvage.

— Rien qu'un ? Alors, c'est l'seul élève qui va apprendre à lire cette année ?

Oui, Dominique sera mon seul élève au cours préparatoire cette année. Pour Stéphane et Christine, pour Reynald et Alain, ce sera la dernière année avant de gagner le collège. Sylvie, Daniel, Armelle y partiront demain. Pour eux, l'école de Saint-Laurent…

Tant pis si c'est fini, l'école c'est après, les souvenirs qu'on garde de l'école... C'est moi qui reste un peu plus seul, je n'aurai plus les aquarelles de Sylvie, les rédactions d'Armelle, et le sourire triste de Daniel, amoureux condamné à la mélancolie, le long des dictées à relire.

Je suis de la famille de Cadou. Famille de villages enclos dans leur vallée d'enfance. On pousse dans des cours d'école. On frémit de se reconnaître à la première page du *Grand Meaulnes*. On connaît la tristesse douce des tilleuls, à l'ombre du jeudi, princes désenchantés d'un royaume d'enfance abandonné. On est de ce royaume-là comme on est d'un pays fragile et de passage : les gestes s'y ressemblent, et les enfants s'en vont.

Je voudrais bien pour cette année qu'il n'y ait pas trop de livres coups de cœur, pas trop de chansons à aimer. J'ai eu si souvent mal à découvrir tout seul des choses qu'on aurait aimées ensemble. Le disque de Duteil est sorti pour l'automne, couleur d'octobre lumineux et doux, paroles de bonheur et la mélancolie par en dessous, dans le velours de la guitare. Il ressemble tant à tes dessins, les Céciles penchées sur un bonheur très sage de marelle, les yeux baissés sur des chagrins qu'on ne dit pas. Peut-être tu aurais fait des dessins pour lui, un jour tu lui avais écrit...

Le temps n'apporte rien que la moitié du monde. Ces chansons-là te ressemblaient, mais c'est un peu trop tard, et tu es loin. Peut-être je devrais lui envoyer tous ces dessins qu'il ne connaissait pas, que tu as fait sur ses chansons, mais à quoi bon ? Il aurait pu venir parfois dans les lumières de chez toi. Je pense aux mots de Supervielle, tu les avais copiés sur les murs de ta chambre :

« Il vous naît un ami et voilà qu'il vous cherche
Il ne connaîtra pas votre nom ni vos yeux
Mais il faudra qu'il soit touché comme les autres
Et loge dans son cœur d'étranges battements
Qui lui viennent de jours qu'il n'aura pas vécus. »

Je loge dans mon cœur d'étranges battements qui me viennent de jours que tu n'as pas vécus, je pense à ces amis lointains que les patiences de chez toi n'ont pas tenus dans le cercle des lampes, à des mélancolies qui sont venues trop tard, à des guitares étouffées.

C'est l'été de la Saint-Martin. Il fait très beau, et les enfants jouent tard sur la place devant l'église. La nuit tombe sur eux, mais leurs voix claires continuent de trouer le silence, et le ballon résonne sourd contre le mur du garage de Méranville.

Assis sur l'escalier de pierre usée qui monte en quelques marches à la cour de l'école, je corrige dehors ma pile de cahiers, dans la rumeur d'enfance qui s'estompe. Je ne suis pas pressé d'entendre une voix rogue s'écrier :

— Vous avez pas bientôt fini de taper contre mon mur ? C'est l'heure de la soupe !

J'imagine l'assentiment que reçoit Méranville quand il rentre dans son café, après avoir lâché son éternelle phrase menaçante. Là-bas monte dans la fumée cette morale du calva qui dit beaucoup de mal de toutes les enfances. Je me demande si Daniel ou si Alain deviendront des censeurs, quitteront le café sur le coup de huit heures, pour un repas du soir couleur journal télévisé.

C'est l'été de la Saint-Martin, il fait très beau dans le petit matin ; l'heure d'hiver nous a rendu pour quelques jours le goût de l'aube avant l'école. J'ai retrouvé mes patiences de la forêt, la brume sous les pins en haut de la colline. Les fougères ont roussi, mais la forêt connaît d'autres blessures. On fait des coupes claires par endroits ; tout un pan de vallée s'est découvert jusqu'au village. Le bois sans doute se vend bien, une occasion à prendre... Dans la journée, les tronçonneuses se réveillent, bourdonnent jusqu'à nous. Il faut fermer les trois fenêtres de ma classe.

Je me souviens de mes écoles anciennes. J'ai traversé dans le silence des jeudis le meilleur de l'enfance à rêver vague avec les feuilles des platanes, plein soleil et châtaignes à l'heure du goûter. Petites écoles de campagne aux noms légers, Auvers-sur-Oise, Saint-Martin-des-Champs, villages pas loin de Paris, mais déjà le silence…

Tu connaissais les squares de Paris, la forêt de Carnelle, le cercle des allées, la même odeur châtaigne, à l'heure du goûter… Plein soleil, fins d'automne, plein soleil, chagrins doux…

Tu viendrais. Je te savais déjà sur le mode un peu fou qui me bleuit les pages.

La mère Dubois l'a dit :

— C'est la seule saison qu'est restée d'bonne. L'été indien, comme ils appellent ça à la radio maint'nant. On les a pas attendus pour connaît' ça !

C'est vrai qu'il n'y a plus de printemps ; l'hiver se traîne ici jusqu'à l'été bien vague. Mais en octobre à Saint-Laurent tout se ressemble un peu. Sur les allées de pin, c'est un été qui recommence à plein ciel bleu ; mais sur les chênes, les bouleaux, de miel et d'ambre la lumière flambe longue, belle doucement comme une femme de trente ans qui n'en finit pas de mourir et te ressemble.

Tu es l'été de la Saint-Martin. Couleur saison, tu es l'automne, et sous le plein ciel bleu l'ambre et le miel s'endorment. C'est cette année que tu n'as pas trente ans.

C'est un jour loin dans la Provence. Là-bas, l'été de la Saint-Martin doit jouer plus blanc sur les murets de pierre sèche et plus lavande dans le ciel. Là-bas le soleil doux de fin d'automne doit passer au soleil pâle de l'hiver dans la lenteur des choses, à petits coups de brumes impalpables et de blancheurs demi-voilées.

Là-bas, il y a toujours une faune pénible qui tisse la laine avec l'accent de Saint-Germain-des-Prés, il y a tout près une cour alanguie de faux prophètes avec trop d'accent du Midi. Mais on ne la voit pas. On vit dans le silence d'une maison blanche aux magnolias ; on connaît la route sauvage pour monter aux Baux, et le Café des Arts, à l'aube, quand Saint-Rémy dort encore — l'écorce mangée des platanes invente sur les troncs géants des silhouettes et des frontières brun-vert pâle.

Parfois tu viens à l'heure du marché, tu ne connais personne, et l'on doit t'appeler d'un nom moyenâgeux, ou bien couleur de ton panier plein d'anémones. Tu ne vois pas les gens, mais il y en a qui te regardent. Tu n'as rien de distant, mais tu existes sans les autres et ça se voit. Tu as des cheveux blancs, des robes blanches, tu n'as pas l'air d'une grand-mère à confitures et à petits-enfants. Tu as l'enfance au fond de ton regard, et dans tes mains qui caressent les fruits. Avec tes mains, tu as chanté des cours d'école, des squares et des marelles. Cela ne se voit pas, mais je le sais dans ton regard usé, dans cet or pâle de tes yeux...

Tu es la dame seule avec des rêves sur tes pas, on doit te trouver grave et pleine de silence. C'est pour toi que j'écris, pour toi toujours lointaine.

Un jour tu t'es laissée glisser facile vers ailleurs. Ça ne m'a pas surpris. Depuis longtemps tu préparais ta fuite en douce. Tu disais tellement que le monde ne se ressemblait pas, que ce n'était pas tout à fait... Au fond de toi, je crois que tu t'es laissé faire.

Des regards t'attendaient, pourtant. Des regards sont venus. Ton éditeur disait toujours de tes albums :

— C'est très joli, mais pas assez élaboré, pas assez...

Après ta mort il a changé d'avis, je pense, et tes Céciles et tes Clémences flottent dociles à la surface des regards, mélancolies perdues dans le marché de l'édition.

Clémence sage à la vitrine des libraires. Des gens passent en disant c'est adorable... Il n'y a pas l'ombre d'un hasard ; tu aimais bien des vers que je trouvais très tristes :

« Pardon pour vous, pardon pour eux, pour le silence
Et les mots inconsidérés
Pour les phrases venant de lèvres inconnues
Qui vous touchent de loin comme balles perdues... »

Tu apprenais des bouts de poésie que tu disais parfois dans le silence, des petites musiques un peu désenchantées. Je me souviens de la musique, et chaque jour elle te ressemble davantage. Tu me disais des bouts de poésie le long des rues, des voitures passaient. Je confondais les mots et ta coiffure et la lenteur de notre vie, parfois je ne t'écoutais guère et doucement tu es partie.

Il pleuvra gris et tout novembre. À Saint-Laurent les bruits s'endormiront pour la seconde fois, il fait très froid dans ma cuisine ; il faut rester tout près du feu, je sais que je m'ennuie, je crois que je t'oublie un peu.

Voilà un an que je t'écris. J'ai vu changer le goût de l'encre, et je sens l'oubli commencer. J'ai tant voulu te dire, et les mots sont venus faciles. C'était pour te garder, c'était pour la brûlure au creux de la poitrine. Cela me brûle encore, mais les faux jours de toi commencent à reculer.

Je ne crois plus toujours à cette maison blanche où tu traverses infiniment l'odeur des magnolias. J'ai passé près de toi les heures du silence et tu t'en vas. Je sais ta place désormais, brûlure à côté de l'enfance ; mais ce jardin de confitures et d'aquarelle, mais les rêves d'enfant, les lenteurs de l'après-midi, les nuits de brume vers la Risle, je ne sais pas vraiment si je pourrai toujours y croire avec les mots, quand le temps pèse chaque jour d'un peu plus de silence. J'ai des chemins vers toi, mais j'écris pour t'écrire et je ne me relirai pas.

C'était un cahier bleu pour des faux jours qui s'amenuisent.

Ne viens pas maintenant. Tu sais que rien n'est prêt. Ici, c'est la fin de l'automne ; tout est très beau, la forêt, la vallée, mais ce n'est pas assez : tu tiens mon décor dans la promesse de l'attente. Tu viendras, dans la maison nouvelle qui fait mal, bien plus haut que l'automne, dans la saison nouvelle comme un glacier bleu ; le temps sera glacier, plus haut que le désir d'automne.

De la brume et de l'eau pour l'aquarelle d'un cahier. La photo d'Hamilton ne te ressemblait pas. Je le savais, mais je croyais les mots plus près. Je vais t'écrire bleu Floride et tu te glaceras bleu pâle un peu plus tard, sur les petits carreaux de mon chagrin Spirale 200 pages, papier surfin 80 g/m^2. Personne ne lira, je peux me répéter, sans cesse un peu plus pâle te parler couleur de brume et d'eau ; c'est le pays d'ici qui fait le souvenir très doux, léger comme l'écharpe bleue que tu aimais. Elle était bleue à carreaux verts, vert profond, bleu canard ; j'ai des couleurs de toi plus loin et qui m'attendent sur les lignes, dans les petites cases, près des spirales blanches du cahier.

Ici, je suis toujours surpris que tout soit vrai : que dans la cuisine cela sente vraiment la confiture, les champignons dans la forêt. Pourquoi les odeurs, les couleurs ? Je voudrais m'effacer, ne plus toucher, ne plus sentir, et le mensonge peu à peu s'inventerait — j'aime toujours l'odeur des confitures.

Je sais un pays où les mots savent mentir et m'emmener. Un pays sage et fou que j'appelle d'un nom bien rassurant pour les enfants de Saint-Laurent : irréel du futur.

— Reynald, tu comprends ?

Irréel du futur. Elle viendrait. Par un long jour d'octobre, après la pluie. Elle poserait sa cape sur un banc.

— Regarde bien, Christine, on peut continuer simplement ; présent d'éternité.

Elle viendrait. Elle entre dans la classe avec dans ses cheveux l'odeur des pluies d'octobre. Elle s'assied près de nous. Tu lui prêtes ton livre de grammaire. Personne n'a parlé, la classe se poursuit.

Je voudrais te parler dans la couleur des chansons que j'écoute. Tu aurais bien aimé les mots-images de Souchon, et la mélancolie par en dessous. Tu attendais le nouveau disque de Duteil, et tu es morte avant cette chaleur du grand frère velours. Il parle de septembre, de table mise et de couleurs sur une nappe blanche. L'ami Sommer se bat toujours, la voix blessée d'enfance. À te parler si proche, tous ces disques nouveaux inventent le temps qui n'est pas.

Évangeline Basnier passe, à peine moins jolie. On la regarde pourtant, elle semble même le savoir davantage, et sa démarche devient provocante de lenteur. Quand elle vient demander Christine, je cherche encore le fer de son regard, mais il n'y a plus rien à prolonger.

Je pense à ce secret qu'elle a perdu, qu'elle ne possédait pas vraiment. Elle va toujours au lycée de Plainville, en terminale je crois. Elle s'habille souvent de mauve et noir comme l'année dernière. Mais quelque chose est tombé de son corps. Sauvage, elle disait dans tous ses gestes les chemins d'ici, le silence de la forêt, l'ivresse de la pluie, cheveux épars, des promenades à bicyclette et puis des rêves que je n'étais pas seul à suivre. Il y avait surtout dans son regard un désir obsédant de croire à son regard, à son pouvoir ; ce n'était pas encore une arme. Elle a voulu d'un dur désir. Elle est devenue belle. Cela lui a servi. Elle continue par habitude, mais quelque chose s'est fêlé. Elle désire moins vague, déjà sans doute elle a dressé des plans, choisi le camp de son pouvoir. Je me souviens de ses gestes de l'an dernier, un peu grêles, un peu brusques, de son regard à engager le fer, ce geste de la nuque qui l'accompagnait, faisait voler ses longs cheveux d'Indienne.

Tu vois, je me trompais. Pourtant, à rêver un peu d'elle je ne t'oubliais pas. Ce désir de regard allait curieusement à l'amble de mon désir de mémoire, pourquoi ?

Évangeline un peu moins belle est passée comme mon chagrin, un peu moins de secret, un peu moins de désir, et tout finit à peine. Des brumes viendront, autour de l'abbaye, flottantes sur la tour, au ras de l'eau près du lavoir, des matins gris d'hiver comme une écharpe au temps qui passe.

Cela sera très lâche et vague, et puis mélancolie-douceur je t'endormirai sage dans mes brumes. Autre chose me reviendra, couleur enfance, et d'autres pluies. Je pourrai enfin me souvenir d'avant, quand tu n'étais pas là, parfois le poids du monde, un seul regard. Il y aura des images d'avant d'être amoureux, avant le monde en deux des garçons et des filles, quand j'étais seul le soir dans un lit garçon-fille à porter seul la peur de devenir aveugle en tombant dans le cercle du sommeil. De nouveau je caresserai ces images trop lourdes avant le temps de toi :

« Une main sur le mur
C'est l'enfant qui s'éveille
Elle a grand-peur, allume
Le papier de la chambre à soi-même est pareil. »

L'autre jour, les enfants parlaient sur ces images de la nuit. Alain prétendait haut que ça ne lui avait jamais fait peur de s'endormir, et Dominique hésitait. Il a fini par se lancer, un peu honteux.

— Moi, le soir, j'ai comme un grand cercle de feu avec plein de choses de la journée qui tournent, et quand ça tourne assez vite, je crois qu'c'est là que j'm'endors.

Moi, bien souvent, je ne dors pas, mais quand je dors j'oublie les rêves. Ma vie de Saint-Laurent ressemble à ce sommeil, et mes rêves s'endorment à trop rêver de toi. De la brume et de l'eau, moi qui te voulais couleur d'encre.

Silence. Voilà plus d'un an que mes soirées s'ouvrent sur un vertige minutieux. J'entends mes propres pas, les gestes que je fais, les disques que je pose sur l'électrophone. Tout vient de moi dans ce décor, même les mots pour te trouver. Je n'aime pas ce pouvoir inutile, ces échos qui se dispersent, je n'aime pas le bruit que fait ma vie — ces gestes veufs qui ne t'encerclent pas tombent de moi comme étrangers.

Le brouillard chaque soir descend sur Saint-Laurent ; dès le mois de novembre, les gens ne sortent plus. Quand on passe devant chez eux, on voit cette lumière bleue qui les rassemble séparés devant le film de la télé. L'hiver les tient, le creux de la vallée, la crainte de l'ailleurs. Rien ne se passera jamais ici.

Tu descendras la rue qui mène à ma maison d'école. Un soir comme les autres soirs. Ils seront tous dans la lumière bleue. Je te saurai, je sortirai doucement à ta rencontre. Je te trouverai sur la route de nuit noyée dans le brouillard, bien au-dessus de l'abbaye. J'aurai ton écharpe mouillée, tu seras contre moi de laine et de froidure. Nous passerons devant les portes closes, mes gestes enfin se fermeront dans un cercle très lent. Nous marcherons longtemps dans cette absence de l'hiver à protéger, à tenir à l'enclos. Je te dirai cet autre cercle de ma lampe où tu viendras, dans le désordre des cahiers, des livres qui t'attendent, les couleurs dispersées en souvenir de toi.

Car tu aimais les fruits posés sur le bois chaud des tables, les pots de confitures ouverts sur des abîmes rougeoyants, les gestes de l'amour et le cercle des lampes, je t'attends.

Les notes de musique s'effacent peu à peu sur le capuchon blanc de mon stylo. Peut-être à Rouen je trouverai le même. J'ai mis beaucoup de moi dans des objets, par fétichisme, et pour me prolonger. Ce que je sens est par ailleurs bien flou, toujours inachevé, sans échos, sans contraintes. J'écris dans le silence, et tu ne réponds pas...

On vient de publier *Notre famille*, un nouvel album de Carl Larsson. Tu aurais bien aimé le cuivre et l'or d'une salle à manger à la Dickens. Il y a aussi une cuisine ensoleillée. Debout sur une table, une petite fille peint les murs en bleu.

Un vieux chat gris à tête de loubard passe et repasse dans la cour, tombe en arrêt au pied des arbres et me regarde, inquiet. Depuis deux jours c'est les vacances, et la Toussaint est belle cette année. J'aime bien ces vacances courtes où les enfants ne partent pas. On peut les croiser sur la place de l'église ou chez la mère Dubois, jouer avec eux au foot l'après-midi. Il reste du soleil et du silence dans ma cour. Il fait un peu trop frais sous le préau, presque trop chaud au grand soleil. Je fais de la guitare, je t'écris. Je joue sans y penser, j'écris comme tu viens. Mais Carl Larsson avait en lui cette lumière bleue voilée que tu aimais.

Partout dans les vergers les pommes sont tombées. Au pied des arbres elles resteront sous les pluies froides et les brouillards. Voici les corbeaux de novembre et le temps dur, l'espace un peu plus vide. Les routes de campagne se recouvrent de boue glissante et moite ; les tracteurs passent avec des betteraves. On les entasse au coin des champs, mornes taches brunâtres. Plus tard on les porte à l'usine à sucre à Nassandres. Là-bas, de fétides bouffées blanches empestent le plateau.

Tu n'aimerais pas trop les betteraves et les corbeaux. Mais c'est le décor fade de chez moi quand la forêt oublie ses sortilèges, à la fin de novembre. En plein milieu d'après-midi le jour est toujours gris. S'il n'y avait pas les enfants…

Dans ma maison d'école il faut de la lumière dès trois heures. La classe est si vieille et si sombre. Mais à quatre heures je leur lis l'histoire de Gaspard Fontarelle, quelque part dans les Ardennes, avec un grand cheval qui connaît la forêt.

— Les Ardennes, c'est loin ?

Je n'y suis jamais allé, je vois ça noir, empli de solitude et de silence, avec de grands bazars au creux des bourgs dans la méfiance. On est ensemble et le néon tient presque chaud. C'est le temps vide de novembre et des corbeaux. Les rêves restent en creux d'hiver, pour vendredi n'oubliez pas vos boîtes d'aquarelle.

Et puis je partirai. Je croyais te parler, te trouver presque, t'oublier, mais ce n'était pas ça. Bien sûr l'encre a pâli, bien sûr tu es un peu plus vague. Mais il n'y a pas que toi. C'est la forêt, les murs de ma maison d'école et les couleurs, le goût du café le matin.

Manque d'amour c'est toi, mais c'est aussi le reste, tout ce désert, il n'y a plus personne. Je croise des adultes, ils sont tout à fait morts ou pas assez perdus pour me parler vraiment. Je croise des regards d'enfants, mais ils s'en vont. Ils tiennent chaud, mais à six heures il faut fermer la classe, alors bonsoir. L'année prochaine ils s'en vont au collège, et dans deux ans... Ça ne m'amusera pas très longtemps de les voir devenir les nouveaux sentencieux du café Méranville. Les autres partiront, loin des yeux loin du cœur, mais près des yeux, c'est loin du cœur aussi.

Il faut partir ou bien rester, cela revient au même gris. Je t'écris ça ce soir avec cette envie de mourir, la fatigue si longue ; le chagrin seul me tient ici, brûlure au creux de la poitrine.

Quand tu auras marché sur les routes glissantes et moites de novembre, quand le cri des corbeaux de fin d'automne te suivra ; quand tu auras surpris l'envers de mon attente et les premières brumes fades…

Tu viendras dans ma forêt. Tu verras les allées qui ne t'emmènent nulle part, le sol mouillé de noires pluies qui retournent à la terre, les eaux tenaces et cachées de l'oubli. Tu verras ce pays que j'ai fait dans un creux, couleur de ta mémoire.

Il fera doux par ce dimanche gris, tu marcheras partout, mais les couleurs s'estompent sous tes pas. Déjà tu sais le rendez-vous manqué. Tu connaissais le secret des couleurs, tu m'emmenais sur des sagesses d'aquarelle, et ce pays de l'eau te ressemblait.

Je me souviens, tu me disais :

— Il faut d'abord mouiller la feuille. Après seulement tu peux commencer le dessin.

J'ai dû confondre les consignes, et j'ai mouillé avant, après. Entre les deux, j'ai dû te dessiner, mais un peu pâle, d'un peu loin.

J'ai fait ma vie couleur village près de toi, mais il ne reste rien qu'une lampe d'opale et les moulins de la toile cirée. Tu garderas pour m'oublier l'odeur du café noir sur les moulins de la Hollande.

Tu t'en iras ; tu marches lentement en boutonnant ta cape. Tu dis à petits mots très raisonnables :

— Il ne faut pas vivre pour moi. Je crois que je m'étouffe un peu dans ta vallée.

DU MÊME AUTEUR

Aux Éditions Gallimard

LA PREMIÈRE GORGÉE DE BIÈRE ET AUTRES PLAISIRS MINUSCULES (prix Grandgousier 1997) (collection L'Arpenteur)

LA SIESTE ASSASSINÉE (collection L'Arpenteur)

Gallimard Jeunesse

ELLE S'APPELAIT MARINE (Folio junior n° 901). Illustrations in-texte de Martine Delerm. Couverture illustrée par Georges Lemoine.

EN PLEINE LUCARNE (Folio junior n° 1215). Illustrations de Jean-Claude Götting.

Aux Éditions du Mercure de France

IL AVAIT PLU TOUT LE DIMANCHE (Folio n° 3309)

MONSIEUR SPITZWEIG S'ÉCHAPPE (Le petit Mercure)

Aux Éditions du Rocher

LA CINQUIÈME SAISON (Folio n° 3826)

UN ÉTÉ POUR MÉMOIRE

LE BONHEUR. TABLEAUX ET BAVARDAGES

LE BUVEUR DE TEMPS

LE MIROIR DE MA MÈRE (en collaboration avec Marthe Delerm)

AUTUMN (prix Alain-Fournier 1990) (Folio n° 3166)

LES AMOUREUX DE L'HÔTEL DE VILLE

MISTER MOUSE (Folio n° 3470)

L'ENVOL

SUNDBORN OU LES JOURS DE LUMIÈRE (prix des Libraires 1997 et prix national des Bibliothécaires 1997) (Folio n° 3041)

PANIER DE FRUITS
LE PORTIQUE (Folio n° 3761)

Aux Éditions Milan

C'EST BIEN
C'EST TOUJOURS BIEN

Aux Éditions Stock

LES CHEMINS NOUS INVENTENT

Aux Éditions Champ Vallon

ROUEN (collection « Des villes »)

Aux Éditions Flohic

INTÉRIEUR (collection « Musées secrets »)

Aux Éditions Magnard Jeunesse

SORTILÈGE AU MUSÉUM
LA MALÉDICTION DES RUINES
LES GLACES DU CHIMBAROZO

Aux Éditions Fayard

PARIS L'INSTANT

Aux Éditions du Seuil

FRAGILES, aquarelles de Martine Delerm

COLLECTION FOLIO

Dernières parutions

3474. Alice Massat	*Le Ministère de l'intérieur.*
3475. Jean d'Ormesson	*Le rapport Gabriel.*
3476. Postel & Duchâtel	*Pandore et l'ouvre-boîte.*
3477. Gilbert Sinoué	*L'enfant de Bruges.*
3478. Driss Chraïbi	*Vu, lu, entendu.*
3479. Hitonari Tsuji	*Le Bouddha blanc.*
3480. Denis Diderot	*Les Deux amis de Bourbonne* (à paraître).
3481. Daniel Boulanger	*Le miroitier.*
3482. Nicolas Bréhal	*Le sens de la nuit.*
3483. Michel del Castillo	*Colette, une certaine France.*
3484. Michèle Desbordes	*La demande.*
3485. Joël Egloff	*« Edmond Ganglion & fils ».*
3486. Françoise Giroud	*Portraits sans retouches (1945-1955).*
3487. Jean-Marie Laclavetine	*Première ligne.*
3488. Patrick O'Brian	*Pablo Ruiz Picasso.*
3489. Ludmila Oulitskaïa	*De joyeuses funérailles.*
3490. Pierre Pelot	*La piste du Dakota.*
3491. Nathalie Rheims	*L'un pour l'autre.*
3492 Jean-Christophe Rufin	*Asmara et les causes perdues.*
3493. Anne Radcliffe	*Les Mystères d'Udolphe.*
3494. Ian McEwan	*Délire d'amour.*
3495. Joseph Mitchell	*Le secret de Joe Gould.*
3496. Robert Bober	*Berg et Beck.*
3497. Michel Braudeau	*Loin des forêts.*
3498. Michel Braudeau	*Le livre de John.*
3499. Philippe Caubère	*Les carnets d'un jeune homme.*
3500. Jerome Charyn	*Frog.*
3501. Catherine Cusset	*Le problème avec Jane.*
3502. Catherine Cusset	*En toute innocence.*
3503. Marguerite Duras	*Yann Andréa Steiner.*
3504. Leslie Kaplan	*Le Psychanalyste.*
3505. Gabriel Matzneff	*Les lèvres menteuses.*

3506. Richard Millet — *La chambre d'ivoire...*
3507. Boualem Sansal — *Le serment des barbares.*
3508. Martin Amis — *Train de nuit.*
3509. Andersen — *Contes choisis.*
3510. Defoe — *Robinson Crusoé.*
3511. Dumas — *Les Trois Mousquetaires.*
3512. Flaubert — *Madame Bovary.*
3513. Hugo — *Quatrevingt-treize.*
3514. Prévost — *Manon Lescaut.*
3515. Shakespeare — *Roméo et Juliette.*
3516. Zola — *La Bête humaine.*
3517. Zola — *Thérèse Raquin.*
3518. Frédéric Beigbeder — *L'amour dure trois ans.*
3519. Jacques Bellefroid — *Fille de joie.*
3520. Emmanuel Carrère — *L'Adversaire.*
3521. Réjean Ducharme — *Gros Mots.*
3522. Timothy Findley — *La fille de l'Homme au Piano.*
3523. Alexandre Jardin — *Autobiographie d'un amour.*
3524. Frances Mayes — *Bella Italia.*
3525. Dominique Rolin — *Journal amoureux.*
3526. Dominique Sampiero — *Le ciel et la terre.*
3527. Alain Veinstein — *Violante.*
3528. Lajos Zilahy — *L'Ange de la Colère (Les Dukay tome II).*
3529. Antoine de Baecque et Serge Toubiana — *François Truffaut.*
3530. Dominique Bona — *Romain Gary.*
3531. Gustave Flaubert — *Les Mémoires d'un fou. Novembre. Pyrénées-Corse. Voyage en Italie.*
3532. Vladimir Nabokov — *Lolita.*
3533. Philip Roth — *Pastorale américaine.*
3534. Pascale Froment — *Roberto Succo.*
3535. Christian Bobin — *Tout le monde est occupé.*
3536. Sébastien Japrisot — *Les mal partis.*
3537. Camille Laurens — *Romance.*
3538. Joseph Marshall III — *L'hiver du fer sacré.*
3540 Bertrand Poirot-Delpech — *Monsieur le Prince*
3541. Daniel Prévost — *Le passé sous silence.*
3542. Pascal Quignard — *Terrasse à Rome.*
3543. Shan Sa — *Les quatre vies du saule.*

3544. Eric Yung — *La tentation de l'ombre.*
3545. Stephen Marlowe — *Octobre solitaire.*
3546. Albert Memmi — *Le Scorpion.*
3547. Tchékhov — *L'Île de Sakhaline.*
3548. Philippe Beaussant — *Stradella.*
3549. Michel Cyprien — *Le chocolat d'Apolline.*
3550. Naguib Mahfouz — *La Belle du Caire.*
3551. Marie Nimier — *Domino.*
3552. Bernard Pivot — *Le métier de lire.*
3553. Antoine Piazza — *Roman fleuve.*
3554. Serge Doubrovsky — *Fils.*
3555. Serge Doubrovsky — *Un amour de soi.*
3556. Annie Ernaux — *L'événement.*
3557. Annie Ernaux — *La vie extérieure.*
3558. Peter Handke — *Par une nuit obscure, je sortis de ma maison tranquille.*
3559. Angela Huth — *Tendres silences.*
3560. Hervé Jaouen — *Merci de fermer la porte.*
3561. Charles Juliet — *Attente en automne.*
3562. Joseph Kessel — *Contes.*
3563. Jean-Claude Pirotte — *Mont Afrique.*
3564. Lao She — *Quatre générations sous un même toit III.*
3565. Dai Sijie — *Balzac et la petite tailleuse chinoise.*
3566. Philippe Sollers — *Passion fixe.*
3567. Balzac — *Ferragus, chef des Dévorants.*
3568. Marc Villard — *Un jour je serai latin lover.*
3569. Marc Villard — *J'aurais voulu être un type bien.*
3570. Alessandro Baricco — *Soie.*
3571. Alessandro Baricco — *City.*
3572. Ray Bradbury — *Train de nuit pour Babylone.*
3573. Jerome Charyn — *L'Homme de Montezuma.*
3574. Philippe Djian — *Vers chez les blancs.*
3575. Timothy Findley — *Le chasseur de têtes.*
3576. René Fregni — *Elle danse dans le noir.*
3577. François Nourissier — *À défaut de génie.*
3578. Boris Schreiber — *L'excavatrice.*
3579. Denis Tillinac — *Les masques de l'éphémère.*
3580. Frank Waters — *L'homme qui a tué le cerf.*
3581. Anonyme — *Sindbâd de la mer* et autres contes.

3582. François Gantheret — *Libido Omnibus.*
3583. Ernest Hemingway — *La vérité à la lumière de l'aube.*
3584. Régis Jauffret — *Fragments de la vie des gens.*
3585. Thierry Jonquet — *La vie de ma mère!*
3586. Molly Keane — *L'amour sans larmes.*
3587. Andreï Makine — *Requiem pour l'Est.*
3588. Richard Millet — *Lauve le pur.*
3589. Gina B. Nahai — *Roxane,* ou *Le saut de l'ange.*
3590. Pier Paolo Pasolini — *Les Anges distraits.*
3591. Pier Paolo Pasolini — *L'odeur de l'Inde.*
3592. Sempé — *Marcellin Caillou.*
3593. Bruno Tessarech — *Les grandes personnes.*
3594. Jacques Tournier — *Le dernier des Mozart.*
3595. Roger Wallet — *Portraits d'automne.*
3596. Collectif — *Le Nouveau Testament.*
3597. Raphaël Confiant — *L'archet du colonel..*
3598. Remo Forlani — *Émile à l'Hôtel.*
3599. Chris Offutt — *Le fleuve et l'enfant.*
3600. Marc Petit — *Le Troisième Faust.*
3601. Roland Topor — *Portrait en pied de Suzanne.*
3602. Roger Vailland — *La fête.*
3603. Roger Vailland — *La truite.*
3604. Julian Barnes — *England, England.*
3605. Rabah Belamri — *Regard blessé.*
3606. François Bizot — *Le portail.*
3607. Olivier Bleys — *Pastel.*
3608. Larry Brown — *Père et fils.*
3609. Albert Camus — *Réflexions sur la peine capitale.*
3610. Jean-Marie Colombani — *Les infortunes de la République.*
3611. Maurice G. Dantec — *Le théâtre des opérations.*
3612. Michael Frayn — *Tête baissée.*
3613. Adrian C. Louis — *Colères sioux.*
3614. Dominique Noguez — *Les Martagons.*
3615. Jérôme Tonnerre — *Le petit Voisin.*
3616. Victor Hugo — *L'Homme qui rit.*
3617. Frédéric Boyer — *Une fée.*
3618. Aragon — *Le collaborateur* et autres nouvelles.
3619. Tonino Benacquista — *La boîte noire* et autres nouvelles.
3620. Ruth Rendell — *L'Arbousier.*

3621. Truman Capote — *Cercueils sur mesure.*
3622. Francis Scott Fitzgerald — *La Sorcière rousse,* précédé de *La coupe de cristal taillé.*
3623. Jean Giono — *Arcadie... Arcadie...,* précédé de *La pierre.*
3624. Henry James — *Daisy Miller.*
3625. Franz Kafka — *Lettre au père.*
3626. Joseph Kessel — *Makhno et sa juive.*
3627. Lao She — *Histoire de ma vie.*
3628. Ian McEwan — *Psychopolis* et autres nouvelles.
3629. Yukio Mishima — *Dojoji* et autres nouvelles.
3630. Philip Roth — *L'habit ne fait pas le moine,* précédé de *Défenseur de la foi.*
3631. Leonardo Sciascia — *Mort de l'Inquisiteur.*
3632. Didier Daeninckx — *Leurre de vérité* et autres nouvelles.
3633. Muriel Barbery — *Une gourmandise.*
3634. Alessandro Baricco — *Novecento : pianiste.*
3635. Philippe Beaussant — *Le Roi-Soleil se lève aussi.*
3636. Bernard Comment — *Le colloque des bustes.*
3637. Régine Detambel — *Graveurs d'enfance.*
3638. Alain Finkiclkraut — *Une voix vient de l'autre rive.*
3639. Patrice Lemire — *Pas de charentaises pour Eddy Cochran.*
3640. Harry Mulisch — *La découverte du ciel.*
3641. Boualem Sansal — *L'enfant fou de l'arbre creux.*
3642. J.B. Pontalis — *Fenêtres.*
3643. Abdourahman A. Waberi — *Balbala.*
3644. Alexandre Dumas — *Le Collier de la reine.*
3645. Victor Hugo — *Notre-Dame de Paris.*
3646. Hector Bianciotti — *Comme la trace de l'oiseau dans l'air.*
3647. Henri Bosco — *Un rameau de la nuit.*
3648. Tracy Chevalier — *La jeune fille à la perle.*
3649. Rich Cohen — *Yiddish Connection.*
3650. Yves Courrière — *Jacques Prévert.*
3651. Joël Egloff — *Les Ensoleillés.*
3652. René Frégni — *On ne s'endort jamais seul.*
3653. Jérôme Garcin — *Barbara, claire de nuit.*
3654. Jacques Lacarrière — *La légende d'Alexandre.*

3655. Susan Minot	*Crépuscule.*
3656. Erik Orsenna	*Portrait d'un homme heureux.*
3657. Manuel Rivas	*Le crayon du charpentier.*
3658. Diderot	*Les Deux Amis de Bourbonne.*
3659. Stendhal	*Lucien Leuwen.*
3660. Alessandro Baricco	*Constellations.*
3661. Pierre Charras	*Comédien.*
3662. François Nourissier	*Un petit bourgeois.*
3663. Gérard de Cortanze	*Hemingway à Cuba.*
3664. Gérard de Cortanze	*J. M. G. Le Clézio.*
3665. Laurence Cossé	*Le Mobilier national.*
3666. Olivier Frébourg	*Maupassant, le clandestin.*
3667. J. M. G. Le Clézio	*Cœur brûle* et autres romances.
3668. Jean Meckert	*Les coups.*
3669. Marie Nimier	*La Nouvelle Pornographie.*
3670. Isaac B. Singer	*Ombres sur l'Hudson.*
3671. Guy Goffette	*Elle, par bonheur, et toujours nue.*
3672. Victor Hugo	*Théâtre en liberté.*
3673. Pascale Lismonde	*Les arts à l'école. Le Plan de Jack Lang et Catherine Tasca.*
3674. Collectif	*« Il y aura une fois ». Une anthologie du Surréalisme.*
3675. Antoine Audouard	*Adieu, mon unique.*
3676. Jeanne Benameur	*Les Demeurées.*
3677. Patrick Chamoiseau	*Écrire en pays dominé.*
3678. Erri de Luca	*Trois chevaux.*
3679. Timothy Findley	*Pilgrim.*
3680. Christian Garcin	*Le vol du pigeon voyageur.*
3681. William Golding	*Trilogie maritime, 1. Rites de passage.*
3682. William Golding	*Trilogie maritime, 2. Coup de semonce.*
3683. William Golding	*Trilogie maritime, 3. La cuirasse de feu.*
3684. Jean-Noël Pancrazi	*Renée Camps.*
3686. Jean-Jacques Schuhl	*Ingrid Carven.*
3687. *Positif*, revue de cinéma	*Alain Resnais.*
3688. Collectif	*L'amour du cinéma. 50 ans de la revue* Positif.

3689. Alexandre Dumas	*Pauline.*
3690. Le Tasse	*Jérusalem libérée.*
3691. Roberto Calasso	*la ruine de Kasch.*
3692. Karen Blixen	*L'éternelle histoire.*
3693. Julio Cortázar	*L'homme à l'affût.*
3694. Roald Dahl	*L'invité.*
3695. Jack Kerouac	*Le vagabond américain en voie de disparition.*
3696. Lao-tseu	*Tao-tö king.*
3697. Pierre Magnan	*L'arbre.*
3698. Marquis de Sade	*Ernestine. Nouvelle suédoise.*
3699. Michel Tournier	*Lieux dits.*
3700. Paul Verlaine	*Chansons pour elle* et autres poèmes érotiques.
3701. Collectif	*« Ma chère maman ».*
3702. Junichirô Tanizaki	*Journal d'un vieux fou.*
3703. Théophile Gautier	*Le capitaine Fracasse.*
3704. Alfred Jarry	*Ubu roi.*
3705. Guy de Maupassant	*Mont-Oriol.*
3706. Voltaire	*Micromégas. L'Ingénu.*
3707. Émile Zola	*Nana.*
3708. Émile Zola	*Le Ventre de Paris.*
3709. Pierre Assouline	*Double vie.*
3710. Alessandro Baricco	*Océan mer.*
3711. Jonathan Coe	*Les Nains de la Mort.*
3712. Annie Ernaux	*Se perdre.*
3713. Marie Ferranti	*La fuite aux Agriates.*
3714. Norman Mailer	*Le Combat du siècle.*
3715. Michel Mohrt	*Tombeau de La Rouërie.*
3716. Pierre Pelot	*Avant la fin du ciel.*
3718. Zoé Valdès	*Le pied de mon père.*
3719. Jules Verne	*Le beau Danube jaune.*
3720. Pierre Moinot	*Le matin vient et aussi la nuit.*
3721. Emmanuel Moses	*Valse noire.*
3722. Maupassant	*Les Sœurs Rondoli* et autres nouvelles.
3723. Martin Amis	*Money, money.*
3724. Gérard de Cortanze	*Une chambre à Turin.*
3725. Catherine Cusset	*La haine de la famille.*
3726. Pierre Drachline	*Une enfance à perpétuité.*
3727. Jean-Paul Kauffmann	*La Lutte avec l'Ange.*

3728. Ian McEwan — *Amsterdam.*
3729. Patrick Poivre d'Arvor — *L'Irrésolu.*
3730. Jorge Semprun — *Le mort qu'il faut.*
3731. Gilbert Sinoué — *Des jours et des nuits.*
3732. Olivier Todd — *André Malraux. Une vie.*
3733. Christophe de Ponfilly — *Massoud l'Afghan.*
3734. Thomas Gunzig — *Mort d'un parfait bilingue.*
3735. Émile Zola — *Paris.*
3736. Félicien Marceau — *Capri petite île.*
3737. Jérôme Garcin — *C'était tous les jours tempête.*
3738. Pascale Kramer — *Les Vivants.*
3739. Jacques Lacarrière — *Au cœur des mythologies.*
3740. Camille Laurens — *Dans ces bras-là.*
3741. Camille Laurens — *Index.*
3742. Hugo Marsan — *Place du Bonheur.*
3743. Joseph Conrad — *Jeunesse.*
3744. Nathalie Rheims — *Lettre d'une amoureuse morte.*
3745. Bernard Schlink — *Amours en fuite.*
3746. Lao She — *La cage entrebâillée.*
3747. Philippe Sollers — *La Divine Comédie.*
3748. François Nourissier — *Le musée de l'Homme.*
3749. Norman Spinrad — *Les miroirs de l'esprit.*
3750. Collodi — *Les Aventures de Pinocchio.*
3751. Joanne Harris — *Vin de bohème.*
3752. Kenzaburô Ôé — *Gibier d'élevage.*
3753. Rudyard Kipling — *La marque de la Bête.*
3754. Michel Déon — *Une affiche bleue et blanche.*
3755. Hervé Guibert — *La chair fraîche.*
3756. Philippe Sollers — *Liberté du XVIIIème.*
3757. Guillaume Apollinaire — *Les Exploits d'un jeune don Juan.*
3758. William Faulkner — *Une rose pour Emily* et autres nouvelles.
3759. Romain Gary — *Une page d'histoire.*
3760. Mario Vargas Llosa — *Les chiots.*
3761. Philippe Delerm — *Le Portique.*
3762. Anita Desai — *Le jeûne et le festin.*
3763. Gilles Leroy — *Soleil noir.*
3764. Antonia Logue — *Double cœur.*
3765. Yukio Mishima — *La musique.*
3766. Patrick Modiano — *La Petite Bijou.*

Composition Nord Compo
Impression Liberduplex
à Barcelone, le 10 février 2003
Dépôt légal : février 2003
ISBN 2-07-042182-1./Imprimé en Espagne

6374